KB138062

_____ 드림

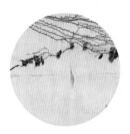

오늘 하루, 낯설게

오늘 하루, 낯설게

초판 1쇄 인쇄 2015년 12월 28일
초판 1쇄 발행 2016년 1월 4일

글·사진·그림 이힘찬
기획 출판기획전문 (주)엔터스코리아

발행인 장상진
발행처 경향미디어
등록번호 제313-2002-477호
등록일자 2002년 1월 31일

주소 서울시 영등포구 양평동 2가 37-1번지 동아프라임밸리 507-508호
전화 1644-5613 | **팩스** 02) 304-5613

ⓒ 이힘찬

ISBN 978-89-6518-166-8 03810

· 값은 표지에 있습니다.
· 파본은 구입하신 서점에서 바꿔드립니다.

오늘 하루, 낯설게

글·사진·그림

이 힘 찬

경향미디어

프롤로그

여행 ^{Travel}

언제부터였을까.
여행이라는 말에 무거운 추가 달렸다.
여행이라는 두 글자가 눈에 들어오는 순간
반가워하는 이들보다 남의 이야기처럼
낯설게 느끼는 이들, 그리고
불편해하는 이들이 더 많아졌다.
돈 있고 시간 있는 사람들의 이야기라는 생각.
나는 한가롭게 여행에 돈이며 시간을
투자할 만큼의 바보가 아니라는 생각.
여유를 갖추면 그때 떠나겠다는 생각.
지금의 나와는 너무도 거리가 먼 이야기라는,
생각의 무게 탓이다.
멀리 떠나야만 '여행'이라고 부를 수 있는 것일까.
큰돈을 들여 유럽 정도는 한 바퀴 돌고 와야만
제대로 된 여행을 했다고 할 수 있는 것일까.

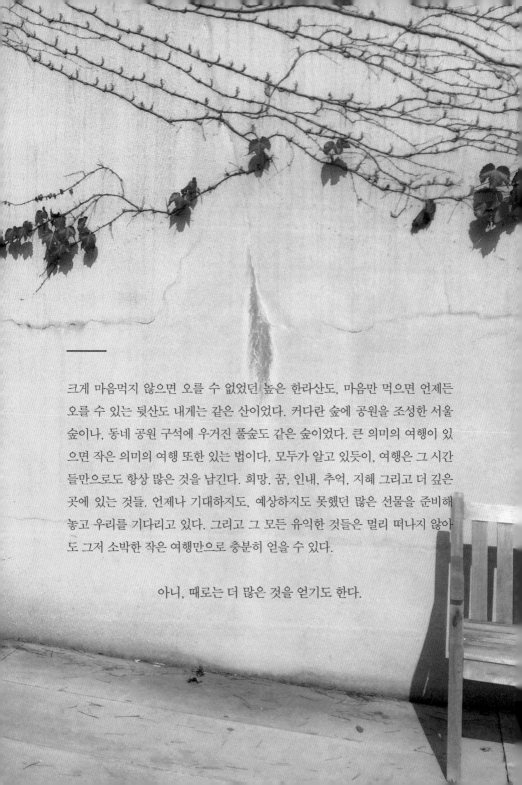

크게 마음먹지 않으면 오를 수 없었던 높은 한라산도, 마음만 먹으면 언제든 오를 수 있는 뒷산도 내게는 같은 산이었다. 커다란 숲에 공원을 조성한 서울 숲이나, 동네 공원 구석에 우거진 풀숲도 같은 숲이었다. 큰 의미의 여행이 있으면 작은 의미의 여행 또한 있는 법이다. 모두가 알고 있듯이, 여행은 그 시간 들만으로도 항상 많은 것을 남긴다. 희망, 꿈, 인내, 추억, 지혜 그리고 더 깊은 곳에 있는 것들. 언제나 기대하지도, 예상하지도 못했던 많은 선물을 준비해 놓고 우리를 기다리고 있다. 그리고 그 모든 유익한 것들은 멀리 떠나지 않아도 그저 소박한 작은 여행만으로 충분히 얻을 수 있다.

아니, 때로는 더 많은 것을 얻기도 한다.

무리하게 시간을 내서 해외로 떠나도 그저 관광으로만 끝날 때가 많다. 가야 할 곳에 찾아가느라, 먹어야 할 것을 먹어 보느라, 한 번쯤 밟아야 할 곳을 밟아 보느라 정작 여행이 준비해 놓은 선물을 받을 여유가 없다. 그리고 그 무리한 환경을 만들어 내지 못할 때에는 여행 자체를 포기하게 된다. 그런데 반대로 조금도 무리하지 않는 사람들이 있다. 지하철이나 버스, 가벼운 간식과 두 다리만으로 떠나는 여행. 그 목적지가 집에서 10분 거리라 할지라도, 가슴 벅찬 경치나 새로운 풍경을 볼 수 없더라도. 단 몇 걸음만으로도 여행을 할 수 있다는 것을 받아들이기만 한다면 마주하는 모든 곳이 여행이 될 수 있다.

그저 작은 생각의 전환이다. 매일같이 지나치던 집 앞 공원도, 반강제로 끌려 다니던 뒷산도, 퇴근길에 나를 신경질 나게 만들던 높은 계단이며 언덕도 내가 마음을 여는 순간 여행지가 될 수 있다. 지금부터 여행이라고 스스로에게 주문을 걸자. 카메라든 핸드폰이든 반드시 흔적을 남길 수 있는 것 한 가지를 챙겨서 집을 나서자.

푸른 하늘, 카메라, 길…
이미, 여행은 시작된 것이다.

#생각보다 가까운 곳에

돌아보면 내 작은 여행은 꿈을 쫓아가기로 결심한 때부터 시작된 것 같다.
지금의 꿈을 처음 품은 때는 고등학교 3학년이 끝나갈 무렵이었다.
갑작스럽게 결정한 분야로 시험을 준비하기에는 너무 늦은 시기였고,
당연히 원하는 곳에는 갈 수 없었다. 그래도 어디서든 글을 쓰면 된다는
생각으로 글쓰기를 멈추지 않았다. 물론 그런 열정에 비해, 전혀 다른 환경
속에서의 꿈을 향한 걸음은 많이 느렸다. 다시 욕심을 갖기 시작한 것은,
군복무를 마치고 학교에 복학한 후였다. 그동안 그곳에서의 학업도 나름대로
열심히 했다고 생각했던 터라, 최선을 다하지 않고 있는 나를 발견하고는 많이
괴로워했다. 그 직후였다. 걷던 방향을 과감하게 돌려 편입을 결정했다.
우습게도 처음 꿈을 품었던 고등학생 때와 비슷한 상황. 편입 시험을 준비할
기간은 단 4개월. 준비할 시간도 짧았고, 가진 돈도 없었다.
그래도 어떻게든 나만의 방식으로 꿈을 쫓아가리라고 마음먹었다.

평소에는 카페에서 공부를 했다. 책을 읽고 글을 쓰고의 반복. 그리고 한 주의 하루, 이틀은 카메라를 들고 밖으로 나갔다. 부담 없이 갈 수 있는 곳으로 향했다. 지하철을 타고 갈 수 있는 곳, 걷다 보면 도착할 수 있는 곳, 푸른 하늘이 잘 보이는 곳을 찾아 매주 걷고 또 걸었다. 그렇게 마주한 세상을 사진에 담고 마음에 담았다. 그렇게 담은 세상을 글로 옮기기를 4개월, 감사하게도 나는 원하는 대학교, 원하는 과에 들어갈 수 있었다.

이 책은 가장 순수한 목적으로 그리고 가장 순수한 방법으로 걷고 담았던 4개월 동안 만난, 세상으로부터 시작한 이야기다. 환경적인 제약이 있는 지금의 우리처럼 갈 수 있는 곳도 많지 않았고, 하루하루 흘러가는 시간에 대한 부담도 컸다. 그래도 무작정 걸었다. 걷다 보니 세상이 보였다. 세상을 보다 보니 그동안 갇혀만 있었던 내 안의 내가 보였다. 그 과정들이 바로 여행이었다. 그리고 그 '작은' 여행에서 나는 책이나 교육을 통해 얻을 수 없는 더 넓은 세상, 즉 여행이 준비해 놓은 선물과 마주할 수 있었다.

이 안에 여행 정보 같은 것은 없다. 나만이 알고 있는 예쁜 길이라든가, 너무 특별해서 잊을 수 없는 만남에 대한 이야기도 없다. 소소한 이야기. 누구나 갈 수 있는 곳, 누구나 얻을 수 있는 것들에 대한 이야기로 채웠다. 이 평범한 이야기 속에서, 여행이 사실 그렇게 먼 이야기가 아니라는 것을. 여행은 생각보다 가까운 곳에 있고, 사실 책을 읽는 지금 이 순간도 여행이 될 수 있다는 것을 알아주길 바라는 마음으로, 이 빈 종이를 채워 본다.

차 례

1

가고 싶은 대로, 바라보며 걷기

가끔은 무방비하게
선 유 도

———

좌회전, 서행하시오, 일방통행, 출입금지…

하루에도 수십 개의 표지판을 마주치고, 읽고, 지나쳐 간다. 나와는 상관없는 표지판도 있고, 반드시 읽어야만 하는 표지판도 있다. 읽어 놓고서 무시하는 경우도 적지 않다. 표지판은 정보를 알리기 위한 목적, 경고를 하기 위한 목적이 대부분이다. 그 목적만을 위해 세워진 것이다 보니 차가운 느낌, 딱딱한 느낌이 들 때가 많다. 그래서 유독 감성적인 내 시선에는 그 표지판들이 눈에 잘 들어오지 않는 편이다.

그런데 때로는 그 표지판이 필요할 때가 있다. 계획 없이 밖으로 나가 표지판을 따라 걷는 일. 표지판이 정해 준 대로 지키는 일. 한 번쯤은 표지판을 넘어서는 일. 어느 날에는 서행이라는 표지판 앞에서 속도를 늦춰 천천히 걸어 보고, 어느 날에는 접근금지라는 표지판 앞에서 조금은 두근거리는 마음으로 한 걸음 더 내디뎌 본다. 머리가 꽉 차서 생각하기 싫은 날에 그렇게 누군가 정해 놓은 신호대로 움직이는 것. 그리고 그 신호 너머로 고개를 들어 바라보는 것. 내게는 그 걸음들이 하나의 여행이었고, 그러기 위해서는 언제라도 준비가 되어 있어야 했다.

주어진 하루를 여행 할 준비.

그 길 앞에 서게 되었다

가끔은 무방비하게 잠이 드는 것도
나쁘지 않겠다는 생각을 했다.
이야기는 그렇게 시작된다.

볼 일이 있어 목동에 갔다가
다시 집으로 돌아가는 길,
피곤했는지 금세 잠이 들었다.
정신을 차리고 보니 이미
내릴 곳을 한참이나 지나 있었다.
아차, 싶어서 주위를 둘러보는데
표지판 하나가 눈에 들어왔다.

9호선 갈아타는 곳

순간 머리에 스친 풍경이 있었다.
딱 한 번, 아주 잠시 들렀던 곳.
한참을 걸어서 가야 했지만
두 눈이며 카메라에 담을 것이,
담고 싶은 것이 참 많았던 곳.

지하철 공사중이라는 표지판을 보고
완공되면 한 번 와야겠다 싶었는데
마침 내릴 곳을 놓친 탓에

나는 그 길 앞에 서게 되었다.

항상 가방에 카메라를 챙겨
무겁게 들고 다니는 나를 보며
다들 사서 고생한다 말했지만,
그날의 내게는 가장 든든한 짐이었다.

나는 걸음을 돌려 9호선에 올라탔다.
계획에 없었던 나만의 시간.
계획에 없었던 작은 여행.
선유도로 향했다.

마지막이라는 말

사랑을 시작하기 전 우리는
서로에게 필요한 부분을 맞추기 위한
마지막 양보에 대해서 이야기한다.
그리고 사랑을 시작한 후 우리는
이전에 없었던 새로운 문제와 마주한다.

우리가 거짓말을 했던 것은 아니다.
우리는 그만큼 서로를 서로의 앞에
불러 세우고 싶었던 것이다.

가는 길 중간의 편의점에는
이린 문구가 쓰어 있있다.
선유도 가는 길, 마지막 편의점.
그곳을 처음 찾아간 연인들이나
그 당시의 나처럼 카메라를 들고
처음 출사를 나간 많은 사람이
모두 그 편의점에 들렀다.
가는 길 마지막 편의점이라니,
그곳에서 마실 물이라도 사지 않으면
안 될 것 같은 불안한 기분이 들었다.
그래서 나도 커피를 두 잔이나 샀다.

선유교를 건너 몇 걸음 걷지 않아서
다시 그 문구를 떠올렸다.
아니, 떠올릴 수밖에 없었다.
안쪽에도 커다란 편의점이 있었다.
생각이 난 김에 커피를 꺼내어 마셨다.
그리고 몇 걸음 더 걷다가 다시
그 문구가 떠올라 홀로 쓸쓸하게 웃었다.

가는 길 마지막 편의점이라니,
틀린 말은 아니었다.
안쪽에 편의점이 없다고는
하지 않았으니까.
거짓말이라기보다는
나를 불러 세우는 재치였다.

그 뒤로도 선유도에 갈 때면
항상 그 마지막 편의점에 들렀다.
안에 있다는 것을 알면서도
그 마지막이란 말은 왠지
쓸쓸한 감정을 불러 일으켜
발길을 멈추게 한다.

아쉽게도 우리는

너는 봄이 오면 만나자고 했다.
그런데 그 봄을 기다리기 싫었던 나는
얼어붙은 네 마음을 그대로 부숴 버렸다.

지난날의 부끄러운 내 모습이
그 낙엽 속에 있었다.

깨질 수 있으니 주의 바람

얼어붙은 호수 위에 세워 놓은
빨간색 경고문을 보니
아마도 누군가 장난을 치다가
한 번쯤 빠졌는지도 모르겠다.
얼어붙은 강물을 보면 나도
이유 없이 찔러 보곤 했으니까.

추운 겨울에 찾아간 그곳은
흐르던 물도 길도 모두 얼어 있었다.
조금만 바람이 불어도 출렁이던 물이
낙엽을 품고 하얗게 얼어붙어 있었다.
낙엽을 잡아 당겨 보기도 하고
툭툭, 건드려 보기도 했지만
미동도 없을 만큼 단단했다.

참 예쁘게도 얼어붙은 낙엽이 있어
조심히 꺼내어 가져가고 싶었지만

아무리 문질러도 소용이 없었다.
혹시 얼음을 살짝 깨뜨린다면
꺼낼 수 있을지도 모르겠지만
낙엽도 함께 깨질 것만 같았다.
그래서 손으로 몇 번 두드리다가
지쳐서 그 자리에 주저앉았다.

단단한 얼음 속에 갇혀 버린 것을
온전히 꺼내고 싶다면 사실
봄이 오길 기다리면 그만이다.
얼음은 녹아 사라지고
하얗게 얼어붙은 것들은 모두
그 모습 그대로 둥둥 떠오를 테니.

그런데 아쉽게도 우리는
봄을 기다릴 줄 모른다.

#넷

남과 여

요리할 줄 모르는, 여자.

꾸밀 줄 모르는, 여자.

수줍음이 많은, 남자.

겁이 많은, 남자.

무엇이 문제일까?

구분 지어야만 했을까?

낡은 화장실의 표지판을 보고
그런 질문을 던졌다.
파란색 남자와 빨간색 여자 사이에는
항상 기다란 선이 그어져 있었다.

굳이 자기가 들어 주겠다고
그의 가방을 빼앗아서는
낑낑거리며 달려가는
파란색 여자를 본 적이 있다.

처음이자 마지막이라고
도시락을 꺼내 보이며
그녀의 표정을 살피는
빨간색 남자를 본 적이 있다.

남자는, 남자는… 이라고
여자는, 여자는… 이라고

입을 여는 순간부터 그렇게
구분 지어야만 했을까.

털썩 주저앉아서

나는 때때로 5분도 채 걷지 않고서
털썩 주저앉아 쉼을 취한다.
앉아서 천천히 고개를 돌려보면

내가 담고 싶은 세상이 보인다.
내가 닮고 싶은 당신도 보인다.

곳곳에 빈 의자가 많이 있었다.
잠시 앉아 쉬었다 가라고
잠시 생각에 잠겼다 가라고
세워 놓은 많은 의자들.

열심히 걸어 다니는 이는 많아도
그곳에 앉아 쉬는 이는 적었다.
앞으로 나아가기에 바빠서
의자의 부름을 듣지 못했다.

지금, 당신에게 쉼이 필요해요.

어젯밤 늦게까지 일을 해서,
갑자기 속이 좋지 않아서,
다리를 다쳐 걷기가 힘들어서…
그래서 쉼이 필요한 것이 아니라,
이따금씩 아니 어쩌면 매일
의자가 나를 부르는 신호에
귀를 기울일 필요가 있다.

그곳에 앉아 나의 어제를
되돌아보는 쉼이 필요하다.
그곳에 앉아 내일의 나를
떠올려보는 쉼이 필요하다.

내 옆에 앉아 있던 당신을
아니 지금 내 옆에 앉은 당신을
굳이 한 번 더 생각하며 미소 짓는
그런 쉼이 필요하다.

#그리고

무엇 하나도 내놓을 수 없는

힘들고 지쳐 몇 번을 쓰러져도
다시 털고 일어 설 수 있는 것은
나를 지탱하고 있는 기억들 덕분이다.
기억을 잃는 것은 그래서 내게
두 팔, 두 발, 시각과 청각까지
모두 잃는 것과 똑같다.

무슨 일이 있어도 당신을…
잃고 싶지 않다는 말이다.

만약 당신이 불의의 사고로
무언가 잃게 된다면…
녹슨 담벼락에 적힌 질문 앞에서
나는 오랫동안 생각에 잠겼다.

시각이나 촉각을 잃는다면,
소중한 가족들의 얼굴을
사랑하는 이의 숨 쉬는 모습을
볼 수도 느낄 수도 없어
얼마나 가슴이 아플까.
혹시 두 팔을 잃는다면,
내 마음을 담은 편지를 써 주지도
사랑하는 당신의 모습을
사진 속에 담아 주지도 못해
얼마나 가슴이 쓰릴까.

두 다리를 잃는다면…
간절히 불러 주는 이에게 달려가지도
당신을 끌어안고 달릴 수도 없어

그것은 또 얼마나 가슴이 아릴까.

그 무엇 하나도 내놓을 수 없는
삶에 있어 없어서는 안 될
소중한 것들뿐이었다.
그래도 무엇을 지키고 싶은지
한 가지 대답해야 한다면
그 무엇도 내어 주고 싶지 않지만
그래도, 기억이라고 답하겠다.
내가 살아온 기억, 그리고
당신에 대한 기억.

내 두 눈이 멀쩡하고
내 두 팔이 자유롭고
내 두 다리가 튼튼하더라도
내가 살아온 기억들,
당신의 대한 기억들이 없다면
대체 무슨 의미가 있을까.

당신일까? 나였을까

하 늘 공 원

———

넓은 하늘에 푹 빠지고 싶은 날이 있다.

다른 무엇에도 시선을 빼앗기지 않고 방해받지 않고 오로지 하늘만으로 눈을
채우고 싶은 날. 그런 날에는 높은 곳으로 향했다. 높이를 가늠할 수 없을 정도
로 높은 곳에 올라야만 꽉 찬 하늘을 볼 수 있는 것은 아니다. 어느 지역이든,
그곳에서 가장 높은 곳. 그곳에서 하늘을 올려다볼 때 내 시야를 가리는 것이
아무것도 없는 곳이면 충분하다.

하늘에게 위로받고 싶을 때가 유독 많았다. 그래서 다른 공간들보다도 더 자주,
계절마다 빠짐없이 찾아가는 곳이 있다. 그저 조금 높은 언덕처럼 보일지도 모
른다. 하지만 그곳은 주변을 내려다보고 하늘을 올려다보는 시선을 방해할 것
이 아무것도 없었다.

1층에 있든 60층에 있든, 우리는 하늘을 만질 수 없다. 그 높이를 가늠할 수도 없다. 그렇다면 하늘이 가장 가까운 곳은 나는 과감하게 이곳이라고 말하고 싶다. 손을 들어 올려 하늘을 향하면, 손과 하늘 외에는 아무것도 보이지 않는 곳.

계단으로

예전에는 계단마다 숫자가 있었다.
그래서 나는 계단을 오르며
그 숫자만큼의 약속을 했다.

행복하자, 행복하자, 행복하자고.

하늘로 향하는 길은
계단으로 오르는 것이 좋다.
다른 무엇에 의지하지 않고
두 발로 걸어 올라가야 한다.
걷다가 힘들면 바닥을 보는 대신
하늘을 올려다보면 된다.
도착할 곳을 바라보며
한숨 쉬지 말고
하늘을 바라보며
조금씩 가까워져 간다고
한 번씩 웃어 보면 된다.

높이 오르는 길에는
숨이 차오르는 길에는
걸어 올라가야만 보이는
푸른 답이 있다.
더 선명하게 다가오는
푸른 하늘처럼.

그냥, 답답하니까

담배 특유의 냄새도
남겨진 꽁초의 모습도 싫었다.
그렇게 잠깐을 태우고 나서
짓눌러 꺼 버리는 모습이 싫었다.

나는 조금 더 오랫동안
불태워야겠다고 생각했다.
불쾌한 냄새도 연기도 없이,
내 몸뚱이가 사라질 때까지.

파란 하늘 사이로
새하얀 연기를 내뿜는
높고 얇은 굴뚝이 있었다.
새하얗게 뿌려진 연기들이
흩어져 사라진 그 하늘 위로
둥그렇게 자리 잡은 구름이 보였다.
굴뚝이 구름을 뽑아내는 것도 같고
세상이 담배를 피우는 것도 같았다.
주변에서 유일하게
담배를 피우던 친구에게
왜 담배를 피우느냐고 물었다.

그냥, 답답하니까

세상도 많이 답답했을까.
쉬지 않고 뿜어대는 짙은 연기를 보며
그런 생각을 하다 이내 고개를 저었다.
구름을 뽑아내는 굴뚝이라고 하자,
그 편이 더 아름답겠다고 생각했다.

어차피 생각하기 나름이라면
내가 바라보는 세상에서
이왕이면 더 아름다운 쪽을
기억 속에 담자고.

하늘이 더 가깝다

돌담 위에 서 있는 나를 보고
올라와 보겠다고 낑낑대는 소녀에게
손을 내밀어 주었다.

하늘에 가까워진 그녀의 미소를
지금까지도 기억한다.

꿈에 닿았을 때도,
같은 미소를 짓지 않을까.

어느 곳으로 여행을 가든
그곳에서 가장 높은 곳을
찾아 올라가 허리를 곧게 폈다.
조금이라도, 아주 조금이라도
높은 시선으로 하늘을 바라보고
주변을 둘러보며 담고 싶었다.

하늘공원 중앙에는 둥그렇게
돌을 쌓아 놓은 돌담이 있었다.
올라가라고 만든 곳은 아닌데
굳이 애써서 올라갔다.
그러고는 그 풍경을 잊지 못해
갈 때마다 또 그곳에 오른다.

그곳에 오르면 공원의 풍경이
어안 렌즈에 담긴 둥그란
지구처럼 보인다.
물고기가 바라보는
세상의 절반처럼 보인다.

그저 내 키만큼 더
위로 올라왔을 뿐인데
하늘이 더 파랗고
하늘이 더 가깝다.
손을 뻗으면, 아니
살짝 뛰어오르면
하늘에 빠질 것 같은 기분.

그곳에 서서 하늘을 보고 있으면
잠깐이라도 포기하려 했던
잠시라도 내려놓을까 싶었던
내 꿈이며 열정, 내 사랑을
손에 잡을 수 있을 것 같은

행복한 기대감에 사로잡힌다.

짙은 주황빛의 계절

그러고 보면, 사진 속에는 지금까지도
그 아름다움이 남아 있다.
그러니까 우리는 그 잠깐의 풍경이 아니라

사진처럼 사랑하면 되는 것이다.

매년 기다리지만 아주 잠시 들렀다가
어느새 금방 사라져 버리는 계절.
가장 많은 것을 담고 싶지만
가장 짧게 스치고 지나가는 계절.
그, 그녀, 그 사람이라는 말을
떠올릴 때 자연스러운
짙은 주황빛의 계절, 가을.

가을에는 하늘공원이
한없이 붉게 물든다.
갈대와 억새로 가득한 그곳에
수줍게 웃는 연인들이 머물러
제법 사랑스러운 풍경이 된다.
해가 지는 순간에는
파랗던 하늘이 붉게 물드는
그때에는 숨을 느리게 쉰다.

눈으로 바라보는 것이 좋지만
어떻게든 담고 싶어

카메라에 얼굴을 붙이고
숨을 멈추고, 길대 사이로
조금씩 숨는 태양을 지켜본다.
주위에서 이야기하는 이들도
모두 잠시나마 숨소리를
내지 않았으면 싶을 만큼
그 모습에 온전히 집중한다.

사람으로 따지자면
아니 우리 이야기로 보자면
호감이 사랑이 되는 순간이다.
이 감정을 사랑으로 확신하는 순간이다.
가장, 뜨겁게 타오르는 순간.
아쉽게도 그 아름다운 풍경은
아주 잠깐 눈에 머물고는
갈대 속으로 사라졌다.
그리고 하늘도 공원도 어두워졌다.

아름다움은, 늘 짧다.
행복한 순간도, 늘 그랬다.

당신일까? 나였을까?

혹시 또 누군가 내 발자국을 쫓아
이곳저곳을 뛰다 지치진 않을까,
눈 위에 나뭇가지로 글을 남겼다.

보고 싶었어.

전날 밤이었을까, 새벽이었을까.
눈이 무섭게 쏟아지던 날
평소보다 일찍 일어나
외투를 겹겹이 껴입고
그곳으로 향했다.
그 넓고 평평한 땅에
반듯하게 쌓인 하얀 눈 위에
내 흔적을 먼저 남기고 싶다는
유치한 욕심도 조금 있었다.

그 높은 계단을 오르면서
나는 수줍게 웃었다.
계단에는 누구의 발자국도 없었다.
그래서 쉬지 않고 뛰어 올랐다.
나만의 발자국을 깊이 새기면서
하늘이 가까운 곳으로 향했다.

그 넓고 하얀 땅에는
슬프게도 혹은 반갑게도

하나의 발자국이 있었다.
슬쩍 밟아 자국을 맞대 보니
나보다 한참이나 작은 발.
도대체 누가 무슨 이유로
이렇게 일찍 이곳까지 올랐을까.
어쩌면 나와 같은 생각이었을까.
혹시 나와 닮은 사람일까.
사진을 찍는 일에 집중하지 못하고
그 발자국의 주인을 찾아
공원 이곳저곳을 뛰어다녔다.

당신일까?
바보 같은 생각도 해 보고.

나였을까?
시인 같은 생각도 해 본다.

그렇게 한참을 걷고 뛰다 보니
어느새 내 것과 그의 것을

구분할 수 없게 되었다.
발자국의 주인을 찾겠다고
열심히도 뛰어다니는 내 모습을 보며
마음에 남기고 떠나간 흔적의 주인은
왜 그리도 열심히 찾지 않았는지,
뒤돌아 한숨을 내쉬고는
눈 위로 엎어져 버렸다.

시원했다. 마음이 식었다.

푸르른 시절

더 이상 푸르게 빛나지 않는다는 것에

아파하고 속상해하기는 이르다.

파랗던 하늘이 어떻게 물들어 가는지

봐야 할 것이 아직 너무도 많다.

우리의 이야기도

우리의 여행도

이제부터 시작이다.

푸르다는 말은
특정한 색만 의미하는 것은 아니다.
하늘도 바다도 숲도 푸르다.
좀 더 밝아지자는 의미에서
푸르게-라는 말을 쓴다.

그곳은 신기하게도 사계절 내내
푸른빛을 머금고 있었다.
봄에는 피어오른 꽃잎이
여름에는 솟아오른 풀잎이
가을에는 유난히 더 푸른 하늘이.
그리고 겨울에는 하얗게 쌓인 눈 위에
그 하늘이 비쳐 더 푸른빛이 난다.

푸르다는 말을 또 어디에
쓸 수 있나 했더니
사람과 사람의 마음에도 쓴다.
우리의 사랑 이야기에는 항상
푸르른 시절이 있지 않았던가.

슬프게도 그 시절은 그리 길지 않다.
아쉽게도 그 시간은 돌아오지 않는다.
어쩌면 그렇게 잠깐이기 때문에
푸른 것일지도 모르겠다.

함께 빛나는 시절은 잠깐이다.
하지만 그 빛이 사라졌다고
바보처럼 숨어 버리지 않는다면
조금 더 무겁지만
조금 더 아름다운
노을과 마주하기도 한다.

물론, 다시 완전한 어둠이 오지만
결국, 다시 완전한 빛이 온다.
하늘의 아름다움은
푸른 빛뿐만이 아니듯
우리의 이야기도 그렇다는 말이다.

잊어버리기 전에, 이루고 싶은 것들
남 산

———

여행을 다녀올 때마다 스스로에게 새로운 약속을 했다.

걸으면서 얻은 이야기를 이야기로 끝내지 않고, 내 삶으로 끌어오기 위해서 필요한 약속들이었다. 때로는 잘못된 습관에 대해서, 때로는 감정의 표현에 대해서, 또 때로는 그 사람과의 관계에 대해서 약속을 했다. 그런 생각에 가장 큰 영향을 준 곳은 아무래도 약속의 징표들로 가득 차 있는 남산이었다.

남산에 오르면 이제는 지나칠 정도로 많아진, 그리고 복잡하게 엉켜 있는 수많은 자물쇠를 볼 수 있다. 누군가에게는 하나의 추억이었고, 누군가에게는 하나의 약속이었고, 누군가에게는 하나의 재미였고 기념이었을 것이다.

그렇게 자물쇠를 걸고 나면, 열쇠를 버리라고 했다. 아마도 기록한 사랑을 풀어
서 버리지 말자는 순수한 의미였을 것이다. 물론 다시 그곳을 찾아 자물쇠를 되
찾아 가는 사람은 볼 수 없다. 그들이 여전히 행복해서, 여전히 사랑하고 있어
서가 아니라 그냥 그렇게 잊히고, 그냥 그렇게 새로운 이야기들로 덮이고 또 덮
인 것이다.

두 개의 자물쇠

약속은 예측하지 못한 상황들로 인해

언젠가 깨어질 수도 있겠지만,

약속을 하는 순간에는 반드시

다짐이고 맹세여야 한다.

1년 뒤에 더 행복한 모습으로…

커다란 자물쇠 위에 적혀 있는
누군가의 사랑스러운 그 약속은
그 후로 몇 년이 지나
비에 젖고 눈에 젖어
그렇게 지워져 가고 있었다.
수천, 수만 개의 자물쇠가,
그 안에 걸어 둔 약속들이
그렇게 사라져 가고 있었다.

사랑의 약속은 조금 더
소중하게 지켜야 한다.
사람의 약속은 조금 더
깊은 곳에 담아야 한다.
우리는 그대로 두면 잃을 것 같은
불안한 것들 앞에 자물쇠를 건다.
열쇠를 가진 사람만이 열 수 있도록.

약속도 마찬가지다.

당연히 지켜질 것이라고
당연히 유지될 것이라고
신경 안 써도 되는 것이 아니라,
반드시 지켜주고 싶어서
어떻게든 지켜주기 위해서
하는 것이 약속이다.

두 개의 자물쇠가 잠겨 있는 모습은
우리가 서로의 마음을 약속하며
새끼손가락을 거는 모습과 닮았다.
작은 약속이든 큰 약속이든
사람의 약속 그리고 사랑의 약속은
남산 정상에 달려 있는
그 모든 자물쇠들의 무게만큼

무거워야 한다.

남들보다 더 느리게

어쩌면 좁아서 쓰지 못했을 말.

당신만을… 사랑해요, 앞으로도.
당신만이… 고마워요, 앞으로도.

자물쇠에 걸린 수많은 약속을
하나하나 읽으며 둘러보다가
때마침 벤치에 앉아
약속을 써 내려가고 있는
중년의 연인을 보았다.
그녀의 손바닥보다 더 작은
투박한 회색 자물쇠 위에
글씨를 남기고 있었다.

그가 한 줄을 쓰고
다시 그녀가 한 줄을 썼다.
그런 그들의 모습을
맞은편 난간에 기대어 바라보았다.

수천, 수만 개의 자물쇠 중
하나가 될 평범한 자물쇠였다.
그런데 그들이 유독 눈에 띈 이유는
그들의 자물쇠가 기억에 남은 이유는
그녀의 선글라스 때문이었다.
당연히 날이 밝아서-라고 생각했는데
올려다보니 제법 흐린 날이었다.
선글라스를 쓴 그녀 옆에 앉은
그의 왼손에는 지팡이가 들려 있었다.
그는 자신이 무엇이라 썼는지 들려주었고
그녀는 자물쇠를 만져 가며 조심스럽게
남들보다 더 느리게 글을 남겼다.
그들이 자물쇠를 걸 때까지 기다렸다.

혹시 어떤 특별한 말을 기록했을까
궁금했고, 호기심이 생겼다.
자물쇠를 걸고서도 한참을 바라보던 그와
그 자물쇠를 한참동안 만져 보던 그녀가
웃으며 그곳을 떠나자마자
나는 글을 보기 위해 가까이 갔다.

그들이 자물쇠에 남겨 놓은 글을 보고는
즐거워서가 아니라 부끄러워서, 웃었다.
특별한 말을 기대했던 나는
그들의 약속 앞에 말을 잃었다.

사랑해요, 앞으로도.
고마워요, 앞으로도.

사실, 그 모든 말이 얼마나 특별한가.
사실, 그 모든 약속이 얼마나 특별한가.
앞으로도… 그 말만으로 얼마나
가슴이 떨리는지 나는 왜 몰랐을까.

#셋

오르막길

오르기 시작한 곳이 보였다.

걸어서 올라온 길이 보였다.

앞으로 걸어갈 삶이 보였다.

한 번은 무작정 걸어서
한 번은 버스를 타고
또 한 번은 케이블카를 타고
정상에 올랐다.
가장 빨랐던 것은 케이블카였다.
가장 편했던 것은 버스였다.
그리고 가장 좋았던 것은
당연히 걸어서였다.

케이블카에서 내려다보는 풍경은
새로워서 나쁘지 않았다.
버스 창가에 앉아 바라보는 풍경도
시원해서 나쁘지 않았다.
하지만 걸어서 오르는 동안
바라보는 풍경은
그곳의 전부였다.

걷다가, 잠시 기대어 쉬고
걷다가, 잠시 돌아보며 쉬고
걷다가, 잠시 인사를 건네며 쉰다.
그렇게 조금씩 오르다 보면
커다란 기둥이 모습을 드러낸다.
한 번 더 뒤돌아서 내려다보고
마지막 언덕을 오른다.

팔각정에 앉은 사람들
그림을 그리는 사람들
타워와 함께 사진을 찍는 사람들

하염없이 기다리는 사람들.
그리고 가장 반가운 모습은
함께 걸어 올라온 사람들이다.
약속이라도 한 듯이
서로를 알아보고는 미소 짓는다.
함께 걸어 온 이들만의 가벼운 인사.

그래서 걸어서-다.
혼자일 때도 함께일 때도
걷는 그 시간 속에는
아름다운 풍경도
아름다운 이야기도
아름다운 약속도 있다.

차가운 선언

누군가 내게 소원을 묻거나
꿈에 대한 질문을 받게 되면,
당장 내일 혹은 다음 주면
이룰 것들을 이야기하게 되었다.

잊어버리기 전에, 이룰 수 있는 것들.

타워 안쪽에는 또 하나의
흔적을 남기는 곳이 있었다.
친구, 가족, 연인, 형제 혹은 자매.
사랑하는 이와 함께 찍은 사진을
타일에 붙이고 메시지를 적어
벽면에 붙여 기념하는 곳.

사진 속의 행복한 모습과
애정이 가득 담긴 글들을 보면
내 입가에도 미소가 번졌다.
그런데 그 타일들 사이에는
차가운 문구가 달려 있었다.

20××년 ×월 ×일까지…

그들이 남겨 놓은 추억에
그들이 기록해 놓은 이야기에
강제로 기한을 정해 놓았다.
아마도 더 많은 이에게

기회를 주기 위해서겠지만
그 말이 너무나 가슴 아팠다.
마치, 그 시간 후로는
누구도 그 행복의 흔적을
찾으려 하지 않을 것을
알고 있다는 듯이.

내게는 그저
차가운 선언처럼 보여서
마음이 아팠다.

#다섯

어느 때보다 천천히

1년쯤 지나서 다시 그곳에 갔을 때는
그날의 자물쇠를 찾을 수 없었다.
하지만 상관없었다.
약속은 자물쇠가 아니라
마음속에 새기는 것이니까.

우리는 자물쇠의 위치를
잊어버리는 것이 아니라
마음을 잃어버리는 것이다.

사랑이 무엇인지도 모르고
표현이 무엇인지도 모르던 시절,
마음에 품고 있던 그녀를 데리고
남산에 오른 적이 있었다.
그저 풍경이 아름답다는 이유로
그저 우리 우정을 기념하자는 이유로
아니 그럴듯한 핑계들로.
미리 준비한 하얀 자물쇠를 건네고

나는 빨간 자물쇠를 손에 쥐었다.
우리 우정 영원히 변치 말자고
사이좋게 하나씩 적어 넣었다.

해가 저물어 갈 때쯤
하늘이 주황빛으로 물들어 갈 때쯤
밤바람이 시원하다는 핑계로
걸어서 내려가자고 했다.
그녀도 밤바람이 좋았는지
고개를 끄덕이며 웃었고,
우리는 남들보다도 천천히
오래도록 걸어서 내려갔다.

약속을 주고받은 날.
약속을 기록한 그날 하루만큼
그 의미가 온전한 날은 없다.
그래서 약속을 하는 날만큼은
어느 때보다 천천히 내려가야 한다.

어차피 언젠가 끊어질지도 모를
잊어버릴지도 모를 약속이라면
이곳저곳 한 걸음씩
약속의 흔적을 새기고
약속의 다짐을 남기며,
조금이라도 더 또렷하게
자국을 남겨 놓아야 한다.

그날의 기억 속에,
그날의 시간 속에.
바람에 휩쓸려 힘없이
날아가 버리지 않도록.

저 멀리서는 어쩌면

다시 큰 세상 속으로
뛰어 들어가야 한다는 것이
조금은 두려웠다.

그래서 항상,
그곳에서 바라본 작은 그림을
기억하기로 했다.

남산 꼭대기의 어느 구석에서
성벽에 기대어 앉아 몇 시간 동안
멍하니 서울을 내려다보았다.
사람도 차도 건물들도
손톱보다 작게 보였다.
작은 세상처럼 보였다.
저 높은 타워의 끝에서 보면
나는 또 얼마나 작아 보일까.

태양이 어느 쪽으로 지고 있는지
그림자가 어떻게 움직이는지
수많은 차들이 어디서부터
어디로 달려가는지 지켜보았다.
모든 것이 정해진 대로
처음부터 약속된 그대로
흘러오고, 흘러갔다.
걸어오고, 걸어갔다.

그 안에 둘러싸여 있을 때는

그저 답답하기만 했던,
거대한 벽과 같았던
내 세상의 뒤엉킨 이야기가
그곳에서는 작은 그림에 불과했다.

답답하다고 복잡하다고
깨뜨리고 싶다고
벗어나고 싶다고
이 악물고 달려들지 말고
때로는 조금 멀리 떨어지자.
때로는 몇 걸음 물러서자.

죽을 듯이 아픈 이야기도
미칠 듯이 복잡한 일들도
저 멀리서는 어쩌면
행복하게 이어질 이야기로
바라볼 수 있다는 것이다.

씨
7년만에 내가슴
취해 해준 재연아!!!
너즈 안에 해줘서
그맙고,
내 곁이 있어줘서
그맙고,
너즈 사랑할수 있어
고마워...
1만 하나님과
재연 사랑할게..

우리 영원히
이건 ♥
사랑하고...!?

어디쯤 갔을까, 지치지는 않았을까

이 화 동

———

어려서부터 낙서를 좋아했다.

연습장이든 책상이든 교과서든 전단지든 상관없이 머릿속에 떠오르는 것들을 그림으로 옮겨 놓곤 했다. 졸음이 몰려와 수업에 집중하기 어려울 때는 연습장을 펼쳐서 낙서를 했다. 어느 날에는, 선생님이 바로 앞에 와 있는지도 모르고 그렇게 정신없이 낙서를 하다가 연습장을 빼앗긴 적도 있다. 그리고 수업에 집중하라는 본보기로, 선생님은 친구들이 보는 앞에서 내 연습장을 갈기갈기 찢었다.

용감했던 것인지 엉뚱했던 것인지, 아니면 정말 좋은 친구였는지. 앞에 앉아 있던 친구는 무거운 분위기에도 아랑곳하지 않고 앞으로 나가서 찢어진 연습장의 조각들을 하나둘씩 손으로 집었다. 들어가라는 선생님이 외침에도, 그 친구는

용감하게 마지막 조각까지 집어서는 내게 들고 왔다. 결국 우리는 수업이 끝날 때까지 뒤에 나가 무릎을 꿇고 앉아 있어야 했다. 내 그림을 지켜주고 싶었다는 친구의 말에, 하루 종일 내 마음이 울렸다.

그 후로는 수업 시간에 연습장을 꺼내지 않았다. 교과서에 필기 대신 그림을 그렸다. 10줄로 써야 할 내용들을 그림 몇 컷으로 나누어 그렸다. 그림 하나에 더 많은 내용을 담을 수 있었고, 그림 하나에 더 많은 말을 전할 수 있었고, 더 오래 기억에 남았다. 그날부터 지금까지 나는 여전히 긴 글 대신 그림 속에 이야기를 담으려고 낙서를 한다. 긴 글보다는, 그림 속의 짧은 글이 더 여운이 남아 마음 깊은 곳을 토닥여 준다.

주인 없는 날개

자유로운 날갯짓을 하고 싶겠지만
사실 우리는 날개 없이도 자유로울 수 있다.
날개는 등 뒤에 붙일 것이 아니라

내 생각에 붙여야 한다.

이화동의 텅 빈 풍경을 담고 싶어
새벽부터 무거운 가방을 들고
대학로로 향한 적이 있다.
당연히 아무도 없겠지 싶었는데
그 이른 아침부터 벽화 앞에는
사람들이 모여 있었다.

그중 가장 많은 이들이 줄을 서서
기다리던 벽화가 하나 있었다.
커다랗게 펼쳐진 날개.
그 날개가 예뻐서일까
날고 싶은 마음에서일까.
다들 그 앞에 서서 웃고 있었다.

나 역시 그곳에 서서 한참을 기다렸다.
그리고 다른 이들이 모두 떠난 후
나는 등에 날개를 다는 대신
주인 없는 날개를 사진에 담았다.

찍어 줄 사람이 없었다.
하지만 그 때문은 아니었다.
그저 그 날개 그대로의 모습이
참 보기 좋았다.
그곳을 다녀가는 이들에게
날개가 되어 주고 웃음을 주는
그 품이 참 마음에 들었다.

누구나 한 번쯤은 하늘로
날아오르는 상상을 한다.
커다란 날개를 펼쳐
푸른 하늘 사이를 누비고 다니는
꿈을 꾸기도 한다.
그러니 그 벽화는
현실에 꿈을 더해 주는
멋진 선물이 아닐까.

떨리는 목소리만으로는

너를 응원하는 내 모습을 그렸다.

입은 그리지 않았다.

조심하겠다는 뜻이었다.

말이 아닌 두 손으로

너를 받쳐 주겠다는 뜻이었다.

마음에도 없는 소리를 하고
사과를 건네지도 못한 채
긴 시간이 흐르고 나면
우리는 관계를 회복하기에
어색한 단계에 들어선다.
만나서 이야기하기에는
지나치게 부담스럽고
문자로 하자니 성의 없어 보이고

전화로 하려면 대체 무슨 말부터
꺼내야 할지 숨이 막혀 온다.
나는 그럴 때 그림을 한 장
그려서 보내곤 했다.
특별한 그림은 아니었다.
하고 싶은 말이 담긴
작은 낙서 하나.

떨리는 목소리만으로는
내가 지금 미안해서 웃고 있다는 것을,
지금 어떤 마음으로 너에게
이야기하고 있는지를 전할 수 없었다.
하지만 그림 한 장 속에는
내 마음이 하려는 말을
온전히 담을 수 있다.
나를 향해 세워진 벽을 넘어
조금 더 깊이 전할 수 있는 힘이
그림 속에 담겨 있었다.

두 글자

안녕! 다음에 또 보자.

안녕? 언제 또 만날 수 있을까.

안녕… 잘 지내.

단 한 마디만으로

관계를 표현할 수 있고.

단 두 글자만으로

감정을 담을 수 있고.

단 1초만으로도

서로를 알 수 있는 말.

안녕

안녕! 그 안에는
반갑다는 인사도.

안녕? 그 안에는
잘 지냈냐는 안부도.

안녕… 그 안에는
보고 싶을 거라는
고백도 담겨 있으니

그것 참 무서운 말이다.

지금 우리가 가진 갈급함

내 이름으로,

내 것으로 박수를 받는 일.

살아온 시간, 걸어온 길에 대해

보답을 받는 그 순간은 분명

그 어떤 순간들보다도

빛날 것이다.

죽기 전에 뭘 하고 싶어?

책에서도 SNS에서도
어딘가의 담벼락에서도
많이 보았던 질문.
많은 답변을 읽었고
많은 답변을 들었다.
가족들과 시간을 보내는 것
전하지 못한 말을 건네는 것
그리고 여행에 대한 이야기.

작사가를 준비 중이던 그녀에게도
다른 이들과 똑같은 질문을 했고
두 가지는 비슷한 답변을 들었다.
그런데 세 번째 답변은
그 어느 답변들보다도 솔직했고
내게도 하나의 꿈으로 다가왔다.

세 번째는, 제 이름으로

박수를 받는 일이에요.

이런 질문에 정해진 답변이 있겠냐마는
난 그녀에게는 그 말이 답이라고 생각했다.
자신의 길에서 자신이 이루고 싶은 것을
소박하지만 정확하게 담은 대답이었다.

그런 대답을 품고 있는 그녀를 보며
곧 이룰 수 있을 것이라 확신했다.
죽기 전에-라고 물었지만
그 질문에 대한 대답들은 사실
지금 우리가 가진 갈급함이다.

자유롭고도 예술적인 장난

먼 곳으로 여행을 갔을 때,

수많은 사람의 흔적을 보며

나도 이름 하나 정도 남기고 싶었지만

그곳에 쓰여 있던 글귀가 나를 막았다.

이 벽은 당신의 얼굴입니다.

사진을 나만큼이나 좋아하고
성격이 불같은 친구와 함께
이화동으로 출사를 갔던 날,
벽에 남겨진 예술의 흔적들을
감상하고 싶었지만 그곳은
다녀간 이들의 장난스러운
흔적들로 덮여 있었다.

벽화 위에 무엇인가 적으려고
펜을 꺼낸 두 아이에게
그녀는 욕을 섞어 가며 소리를 질렀다.
두 아이는 그녀의 눈치를 보더니
재빨리 펜을 집어넣고는
도망치듯이 사라졌다.

우리의 어설픈 욕심 탓에
이곳저곳 아파하고 있었다.
불편해하는 주민들이 적지 않았다.
그 탓에 이제는 낙서라는 단어가

말을 듣지 않는 악동처럼
받아들여지는 것도 사실이다.

낙서에 특정한 제한과 무게는 없다.
화백이 벽에 그린 작대기 하나가
어린 아이가 그려 놓은 나뭇잎보다
더 가치 있으라는 법은 없다.
그런 면에서 낙서는 분명히

자유롭고도 예술적인 장난이다.
하지만 그렇기에 더욱
지켜야 할 것들이 있다.

낙서가 예술이 될 수 있는 것은
예술로 허용된 곳에 한해서다.
낙서가 문화가 될 수 있는 것은
문화로 받아들인 곳에 한해서다.

장난으로 시작한 작은 행동 하나가
누군가에게는 하루를 괴롭히는
독이 될 수도 있다는 것을
잊어서는 안 된다.

#그리고

어디쯤 갔을까

어디쯤 갔을까, 지치지는 않았을까.
제대로 찾아 갔을까, 혹시라도
후회하고 있진 않을까.

너 말이야.

낙산공원의 커다란 성벽 위에
참새들이 옹기종기 모여 있었다.
조금 더 가까이서 보고 싶어
조심스레 위쪽으로 올라갔다.
그리 가까운 거리는 아니었다.
조금 더 다가서도 될 것 같아
한 걸음 더 내딛자마자
그들은 인사할 틈도 없이
재빨리 뛰어올라
나를 남겨 두고 날아갔다.

어디를 가려고 그렇게
급히도 뛰어올랐는지
조금은 서운했지만,
이미 높이 올랐으니
이왕이면 가고 싶었던 곳으로
꼭 갔으면 하는 바람으로
빈 하늘을 바라보았다.

혹시 가다가 많이 지치면
무리하지 말고 잠시 내려와
쉬었다 가라고 홀로 속삭였다.

이곳이 아니어도, 좋으니까.
내 옆이 아니어도, 좋으니까.

2

느끼고 싶은 대로, 마음으로 걷기

어쩌면, 사랑한다고 말했을지도

서 울 숲

내 마음대로 여행의 종류를 나눈다면 그중에는 반드시

사랑이 있을 것이다.

나는 그냥 사랑이 좋다. 지금까지 살아오면서, 그리고 앞으로도 가장 사랑하는 단어는 사랑일 예정이니 지금 나는 사랑을 꽤 편애하고 있다. 사랑… 하는 사람과 함께하는 여행. 사랑하는 사람을 기억하는 여행. 어쩌면 사랑으로 이어질 누군가를 만날지도 모르는 여행. 여행이 사람을 두근거리게 하는 이유 중 하나는, 바로 이 설렘 때문이다.

기회가 된다면 좋아하는 사람들과 한 번씩 여행을 떠나 보는 것도 좋다. 그들과의 시간 속에서 어떠한 감정이 생기고 어떠한 이야기가 남을지 알 수 없지만, 없었을 시간들보다 유익한 것은 사실이다.

이게 사랑인지 아닌지 알 수 없을 때, 지난 사랑에 갇혀 웅크리고 있을 때, 사랑을 이루고 싶을 때, 사랑 앞에 덤덤해지고 싶을 때. 아니 사랑이 무엇인지 도대체 알 수 없을 때에도 밖으로 나가자. 밖을 걸어 다니는 동안, 지금 사랑과 마주한 수많은 사람을 만날 수 있다.

서울숲은 시작부터 사랑이란 말과 직접 마주한 곳이었다. 나는 그곳에서 평소보다도 더 적극적으로 사랑의 풍경에 다가갔다. 사랑을 하는 사람들, 아파하는 사람들, 도망중인 사람들에게 다가가 말을 걸었고, 그들은 서슴없이 그 사랑의 이야기를 들려주었다.

거울 연못

때로는 현실의 내 모습보다
물에 비친 내가 더 좋을 때가 있다.

물을 바라보다가 문득
사람이 그리울 때가 있다.

그곳에 들어서면 작고 평평한
그리고 숲을 담은 연못이 있다.
이쪽에 서면, 하늘이 보이고
저쪽에 서면, 나무가 보이고
그렇게 이 넓은 세상을 담아 놓아서
거울 연못이라 이름 지었나 보다.

선생님의 지시에 따라서
두 줄로 맞춰 걸어가던 아이들이
그 연못을 보고는 달려들었다.
걱정하며 외치는 소리도 못 듣고
연못에 바짝 다가서서는
물에 비친 서로를 가리키며 웃는다.
저기에 네가 있다고.

공원을 거니는 사람들이
아무도 없던 어느 날
나는 그 중앙에 너를 세웠다.
그리고 멀찌감치 떨어져서

물 밖의 네가 아닌
물속의 너를 찍었다.

평소에는 볼 수 없을
너의 모습을 보여 주고 싶었다.
답답한 하루 속에
갇힌 네가 아니라
하늘 가운데 둥둥 떠 있는
자유로운 너의 모습을.

그때 네가 했던 말

너는 그 많은 사랑 가운데

그 하나를 꼭 집어 말했고,

그때부터 나는 그 말에 사로잡혔다.

네 입에서 다시, 그 말을 듣고 싶었다.

소녀 : 여기 뭐라고 쓰여 있는 거야?

소년 : 글쎄? 어⋯

소녀 : 아, 사랑해.

소년 : 어⋯?

소녀 : 사랑해!

그곳에 쓰인 말이 무엇인지

이제는 나도 잘 알고 있다.

그때 그녀가 무슨 말을 한 것인지도.

소녀 : 내가 아는 한자, 사랑 애(愛)!

사랑 애, 사랑 애⋯ 사랑해.

사랑 애가 사랑해로 들리는 것.

아니, 그렇게 듣고 싶은 것.

아니, 어쩌면 그녀도 그때

사랑해-라고 말했던 것.

왜 아무 말이 없어?

그녀는 무엇이 부끄러웠는지
벌떡 일어나 어디론가 달려가 버렸다.
나도 얼굴이 붉어진 탓에
바로 쫓아가지 못했다.

감정에 물들기 시작하면 그렇게 된다.
평범하기만 했던 말들이 모두
애틋하게 들린다.

공원 한쪽에는 기다란 뱀이 있었다.
커다란 뱀 형상의 굴 혹은
뱀의 무덤처럼 보이는 돌무더기.
마치 어릴 적 종이컵에 실을 붙여
대화를 주고받던 종이전화처럼
뱀의 머리와 꼬리가
작은 관으로 이어져 있었다.
그녀는 나를 한쪽 끝으로 보냈다.
그리고 자신은 반대편 끝으로 갔다.
어린애처럼 굴에 가까이 다가가며
나도 똑같이 하라고 소리를 질렀다.
무슨 말을 할지 궁금해서
허리를 숙여 귀를 가까이 댔다.

야, 바보야!

소리를 지르지 않아도 들릴 만큼
아니, 속삭이는 소리까지도
그대로 전달될 만큼

작은 관은 소리가 잘 울렸다.
나는 아직 아무 말도 하지 않아서
아마도 그녀는 잘 전달되는지
전혀 몰랐던 것 같다.

안 들려? 왜 아무 말이 없어!

여전히 소리를 지르던 그녀는
내가 들을 것이라 생각지 못했는지
아주 작은 목소리로 속삭였다.

좋아해… 멍청아

그러고는 웃었다.
멍청이라고 하는 걸 보니
아무래도 진심인 것 같아서
나도 웃을 수밖에 없었다.

정말로, 예뻐서요

그들의 사랑을 내다볼 시선은 내게 없었다.
그날 이후로는 어떤 사랑이든
함부로 생각하거나 판단하지 않고
더 지긋이 바라보게 되었다.

사랑은, 절대로 '지금'
단정할 수 없는 감정이다.

호수 주변을 돌아다니다가
벤치에 앉아 쉬는 노인을 보았다.
행복한 순간을 바라보는 것 같아서
어딘가를 응시하는 표정이 행복해 보여서
그분이 떠나고 난 후 나도 그곳에
잠시 가방을 내리고 앉아 쉬었다.
그곳에서 호수를 바라보다가
나도 그 노인처럼 웃었다.

두 남녀가 호수 앞에 있었다.
허리를 감싸고 호수를 내려다보며
이야기를 나누는 모습이
그 그림자며 웃음소리가
보이는 그대로의 사랑이었다.
그래서 용기 내어 다가갔다.

혹시 사진을 찍어도 괜찮을까요?
정말 두 분 모습이 예뻐서요.

해맑게 웃으며 좋다고 말하는 그녀와

오히려 더 수줍게 웃는 그.

나를 의식하지 말고 그저

편하게 있으라는 말에 그들은

정말로 편한 모습으로 호수 앞에서

그들만의 행복한 쉼을 누렸다.

사진을 보내주기 위해

그의 연락처를 받을 때 그녀가 말했다.

이제 곧 그가 군대를 간다고.

즐겁게 기다릴 것이라고.

절대로 변치 않을 것이라고.

사진 속의 그들은 행복해 보였고

난 약속대로 사진을 보냈다.

그리고 2년쯤 흘렀을까,

그들의 SNS에서 그날보다도

더 행복한 연인을 보았다.

짧아진 머리의 그와

어느새 더 길어진 머리의 그녀가

다시 서로의 허리를 붙잡고
웃고 있는 사진을 보며
벤치에 앉아 있던 노인을 떠올렸다.

2년이라는 시간이 감히
방해할 수 없을 만큼의 행복을
그 자리에 앉아 바라보면서
웃고 계셨구나.
나도 같은 행복을 봤다는 생각에
그날처럼 말없이, 웃었다.

크고 묵직한 가방

언젠가 다시 함께 출사를 가자고
얘기하며 연락처를 주고받았지만
아쉽게도 그렇게 사진 속 이야기로만,
기억 속 이야기로만 남았다.

그래서 또, 사람을 찾아 떠나게 된다.

햇볕이 따스하고 하늘이 맑고
눈앞에 보이는 풍경만으로도
충분히 아름다운 날이지만,
그럼에도 사람을 담고 싶은 날이 있다.
그 풍경 속에 사람을 담고 싶은 날.

크고 묵직한 가방,
어깨에 매달린 카메라,
이곳저곳을 두리번거리는 시선.
그녀도 나처럼 홀로
작은 여행을 누리고 있었다.

사진 찍으러 오셨어요?
– 네? 아, 네

특별한 대화나 설명은 없었다.
우리는 그저 함께 걷기로 했다.
그녀가 담는 것을 나도 담고
내가 담는 것을 그녀도 담았다.

무엇인가 따로 묻지 않아도
서로에게 서로의 이야기를
조금씩 들려주고, 들어 주었다.

그녀는 사진을 좋아했다.
숲이 우거진 정글처럼 조금 더
먼 곳의 넓고 거친 이야기를
사진 속에 담고 싶다고 했다.

어떠한 풍경을 찍고 싶은지
왜 찍고 싶은지
왜 사진이 좋은지
서슴없이 말하는 그녀를 보며
참 고맙다는 생각을 했다.

그녀가 내게 물어보지는 않았지만
나도 혼자서 그 질문에 답을 했다.
나는 이러한 순간들 때문에
사진을 좋아하게 됐어요.

사람이 좋아요.

어쩌면, 무섭도록 슬픈 이야기

처음에는, 가여워 보였다.

조금 지나서는, 안타까웠고

지금은 부럽다는 생각을 한다.

마음 앞에서, 주저하지 않는 모습이.

차가운 철망이 가로막고 있음에도
아기 사슴은 다가왔다.
그녀가 잎사귀를 내밀자
머뭇거림 없이 받아먹고는
다시 그녀의 손에 들릴 잎사귀를
기대하며 응시했다.

한동안 그녀의 손에
아무것도 들리지 않자
그 녀석은 한참을 서성이다가
그녀에게서 멀어져 갔다.
몇 걸음이나 걸었을까
살며시 고개를 돌리는 그.
철망에 기댄 그녀의 손에는
어느새 잎사귀가 들려 있었다.

아기 사슴은 다시 그녀에게 달려와
서슴없이 그 잎사귀를 받아먹었다.
행복해하는 눈빛으로…

길들여진다는 것이 그렇다.
그것은 어쩌면 무섭도록
슬픈 이야기일지도 모른다.
어쩌면 나도 아기 사슴처럼
당신에게 길들여졌던 것은 아닐까.

그래서 걸음걸음마다 몇 번이고
뒤돌아 당신을 바라보았다.
아마 그때마다 당신이 내게
작은 손짓이라도 해 주었다면
나는 또 바보처럼 웃으며
당신에게 달려가
두 팔을 벌리지 않았을까.

아기 사슴처럼.

놓치지 않도록

거창한 준비가 필요한 것이 아니다.
주어진 그대로 바라볼 준비.
마음으로 맞이할 준비.

꽉 막힌 나를 비우고
이 길을 여행으로 받아들일 수 있도록.
이 만남을 사랑으로 이어갈 수 있도록.

놓치고 싶지 않았다.
오늘도, 내일도, 모레도.
볼 수 있는 풍경도,
들을 수 있는 이야기도.
매일 새로울 것이라는 이유로
움직이지 못하는 날은
놓치는 날이라고 생각했다.

놓치지 않기로 했다.
내일도, 내년도, 그 후에도.
여전히 새로울 것이라는 이유로
움직이지 못하는 날은
기다리는 날이라 여기기로 했다.

준비되지 않은 만남은
허무하게 잊히듯이
준비되지 않은 여행은
의미 없이 잊혀 간다.

바람처럼 내 앞에

한 강

———

문학 소년이라 불리고 싶었던 어린 시절, 나는 홀로
한강이 보이는 벤치에 앉아 많은 시간을 보냈다.

그 불편한 의자에서 책을 읽고, 하늘이 깜깜해질 때까지 글을 썼다. 때로는 이야기를 상상하는 것만으로 하루가 모두 흘러갔다. 그곳에서 보고 만난 사람들에 대해 일기처럼 쓰다 보니 소설이 되기도 했다. 그 장소가 귀했고 그 시간이 귀했다. 지금처럼 많은 사람이 다녀가는 곳은 아니었다. 특별한 사연이 있는 이들이 그곳을 찾곤 했다. 그래서 나는 그곳에서 사람을 보며, 눈으로 이야기를 듣는 법을 배웠다.

바람이 불어오면, 마치 강이 내게 말을 거는 것 같았다. 그런 날에는 강과 더 가까이 마주하고 앉아서, 제멋대로 흘러가는 모습을 유심히 바라보곤 했다. 그곳에서 강과 바람을 통해 느낀 것들을 글로 정리했고, 그 글로 인해 처음으로 내 꿈에 대한 희망을 가졌다. 당시의 국어 선생님이 그 글들을 보고 해 주신 한 마디가 시작이었다.

조금만 다듬어 봐. 좋은 작가가 되겠어.

#하나

나의 이유

집으로 돌아가는 길.
친구에게서 문자가 왔다.
가족들에게서 전화가 왔다.

나의 이유.

나를 기다리는 사람들.
내가 사랑하는 사람들.

오래전 어느 어린 날,
혼자서 원효대교 중앙까지
느린 걸음으로 찾아갔다.
딱 한 번 별것도 아닌 이유로
죽고 싶다…는 생각을 했다.
그런 생각을 잠깐이라도 가진
스스로가 한심하고 답답하고
우스웠다.

내게 그럴 용기나 있을까
확인하고 싶었고,
스스로에게 겁을 주고 싶었다.
유난히 바람이 거세게 부는 날이었다.
혹시 나를 이상하게 보지는 않을까
무섭게 지나쳐 가는 자동차 속의
시선들이 걱정스러웠다.

난간에 바짝 기대어 서서
대교 아래를 내려다보았다.

파랗다—기보다는 새까만 느낌.
일정한 물결을 일으키며 흘러가는 모습이
마치 내게 말을 거는 것 같았다.
왜, 이곳에 왔느냐고.
물론 나는 답할 수 없었다.

천천히 걸어왔듯이
천천히 둘러보았다.
모두가 제 자리에 있었다.
태양도 하늘도, 구름도 나무도.
사람도 길도, 차도 자전거도.
높고 낮은 건물, 떠 있는 배
그리고 강이며 바람 그 모든 것이
자신이 있어야 할 그 자리에서
자신이 해야 할 일을 하고 있었다.

단지 나만 그 이유가 없었다.
그저 나만 그곳에 서 있을 필요가 없었다.
결국 나만 제 자리가 아니었다.

그래서 다시, 몸을 돌렸다.

그 어린 날의 호기심 이후로
지금까지 단 한 번도
그곳에 가지 않았다.
갈 수 없었다.
내가 있는 곳에서 내딛는
한 걸음의 무게보다,
내가 있던 곳으로 돌아가는
그 한 걸음이 더 무거웠다.

스스로에게 겁을 주려던 그 일은
어떤 말보다도 강한 발판으로
지금의 나를 받쳐 주고 있다.

은정아 힘내!!

내 주변 사람들 모두

난간에 기대어 강물을 내려다보는
한 여인이 그곳에 있었다.
하지만 걱정되지도 불안하지도 않았다.
이전의 나보다 더 확신에 찬 눈빛이었다.
자신의 걸음에 대한 확신.

그녀는 멈출 곳이 아니라
나아갈 길을 찾고 있었다.

마포대교 양옆의 난간에는
위로의 말이 가득 쓰여 있었다.
나 역시도 그곳을 걸으며
많은 생각을 정리했기에
그곳이 사라진다는 얘기를 들었을 때
조금은 아쉬웠고, 조금은 쓰렸다.
아파하지 말라고, 포기하지 말라고
조금 더 힘을 내라고

죽지 마세요. 이런걸 두고 죽기엔 너무 아깝잖아요=)

만들어 놓은 그곳에서
오히려 더 많은 사람이
인생의 끈을 놓아 버렸다니
아무리 생각해도 아이러니다.

- 많이 힘들었구나.
- 파란 하늘을 봐봐.
- 바람 쐬니까 좋지?
- 커피 한 잔 어때?
- 당신이 있습니다.
- 얘기해 봐요.
- 제 손을 잡으세요.
- 또 사랑하세요.

다리를 따라 걷다 보면
마음을 뭉클하게 만드는
마음을 쏟아 놓게 만드는
수많은 문구가 있었지만
그보다도 더 직접적으로

내게 와 닿은 이야기는
난간 이곳저곳에 직접 남겨 놓은
그곳을 찾은 이들의
기도와 같은 흔적이었다.
친구에게 전하는 메시지부터
스스로에게 하는 위로 그리고
세상을 향한 서글픈 외침까지.
무엇 하나 물들지 않는 말이 없었다.

내 주변 사람 모두 힘들지 않게

무엇을 본 것일까.
무엇을 들은 것일까.
그냥 써 놓은 글 같지만
그냥 남겨 놓은 말 같지만
누군가 감정을 꾹꾹 눌러 가며
애써서 남긴 기도였다.
나도 힘들지만, 나도 아프지만.
내 사람이 아파하는 모습을

모든 사람들의 소원이 이루어지길..

더는 보고 싶지 않아서
나보다는 저들이 더 행복해하는 모습을
보고 싶은 마음에 남겨 놓은 한 마디.

그러니까, 우리는 아파해서는 안 된다.
그러니까, 우리는 포기해서도 안 된다.
내가 아프지 않기를
내가 포기하지 않기를

내가 조금 더 밝게 웃기를.
바라고 기다리는 사람을 위해서
우리는 지금 이 눈물을 닦고
한 번 더 웃어야 한다.

아니, 당장이라도 웃어 보자.
혹시 지금 눈앞에 보이지 않더라도
우리 곁에는 언제나, 그들이 있다.

유연한 사람

한곳에 오래도록 머무르라고

무겁게 만든 배는 그대로

가라앉아 버렸지만,

마음껏 떠나라고

가볍게 만든 종이배는 그렇게

둥둥 뜬 채로 여행을 떠났다.

흔들리면 흔들리는 대로 흘러가자.

한강을 따라 한참을 걷다 보면
수상택시 승강장이 보인다.
흔들거리는 다리 끝에는
아슬아슬한 난간이 달린
작은 철판이 연결되어 있다.
그곳에 걸터앉아 쉴 때가 많았다.
흔들거리는 철판 위에서
흔들거리는 강물을 내려다보며
나도 함께 흔들거렸다.
저녁이면 그곳에는
주황색 조명이 비춰졌다.
그리고 낮보다는 조금 더
거칠게 흔들렸다.
그래서 나도 똑같이
거칠게 흔들거렸다.

갈대가 흔들리는 이유와 같았다.
흔들리지 않고 버티다가는
그대로 부러져 버리고 마니까.

갈대처럼 그렇게
바람이 불어오는 대로 잠시
휘었다가 다시 일어서야 했다.
그렇게 하루에도 몇 번씩
유연해질 필요가 있다.
독하게 나아가야만
똑 부러지게 전진해야만
닿을 수 있는 것이 아니다.
거센 바람이 불어온다면
거친 파도가 밀려온다면
뻣뻣하게 서서 버티기보다는
몸을 실어 함께 흔들리면 된다.
내가 있던 곳에서 조금
멀어지게 될지는 모르지만
잃어버리지는 않을 것이다.

영원히 가지 못하는 것보다
잠시 길을 잃는 것이 좋다는 말이다.

생각나는 사람

#넷

바람처럼 내 앞에

여행은 혼자 떠나더라도
삶은 혼자 걸어서는 안 된다.

때로는 따로 걷더라도
때로는 다르게 걷더라도
결국 같은 곳에 다다라서
안아 줄 당신이 있어야 한다.

또 사랑하세요

마음이 차가운 날에는
바람에 온몸이 떨렸고,
마음이 따뜻한 날에는
바람이 포근하기만 했다.
그날도 한강에 도착하자마자
역에서 나오자마자
모자가 들썩일 정도의
거센 바람이 불어왔다.

코끝이 제법 시렸다.
발을 돌릴까 싶을 정도로
온몸이 떨리는 바람이었다.
그래서 당신 생각을 했다.

용기를 내어 걷기 시작했다.
버틸 만한 바람이었는데
시간이 흐를수록 점점
몸은 차가워져만 갔다.
더 이상 못 견딜 것 같아서
그만 돌아갈까 싶었는데
그 앞에 정말로 당신이 보였다.
그리고 바람도 멈췄다.
혼자 걸어온 길을 다시
당신과 함께 걸었다.
혼자 머물던 곳을 다시
당신과 함께 머물렀다.

한 번 더 바람이 불어와

한 번 더 온몸이 떨렸지만
그보디는 마음이 떨려서
바람이 포근하게 느껴졌다.

바람처럼 내 앞에 찾아온 사람이
바람처럼 내 안에 파고든 사람이
당신이라서, 좋았다.

기억 나?

가로등을 조명 삼아

혹시라도 셔터 소리가 당신을 방해할까.
내 숨소리가 당신을 방해할까.
느리게 숨을 쉬고 느리게 당신을 담았다.
빠르게 사랑에 빠지더라도
그 이야기는 느리게 흘러가야 한다.

사랑 이야기의 결말은
미리 알 필요도 없고
반드시 있어야 할 필요도 없다.

한강을 가득 채운 젊은이들의 웃음소리
바닥을 다고 울리는 음악소리
어느 연인의 설레는 대화부터
술에 취한 이들의 고성까지.
그 어두운 밤, 그 차가운 바람.
그 복잡한 소리들의 무대에서
당신은 아무렇지 않은 표정으로
가로등 불빛을 조명 삼아
조용히 책을 읽고 있었다.

나는 그 모습을 볼 수 있는
가까운 곳에 털썩 주저앉았다.
카메라로 그 모습을 보다가
고개를 들어 두 눈으로 그 모습을 보다가
눈을 감고 마음으로 당신을 보다가
나도 모르게 사랑에 빠졌다.

그래서 조금 더 느리게 눈을 떴다.

지도가 필요했다. 아니면 당신이 필요했거나
북촌 한옥마을

———

혼자면 혼자인 대로 좋고, 함께라면 함께인 대로 좋다.

어제
L에게
마음에도
없는
소리를 했다.

혼자 하는 여행은 많은 생각을 갖게 해서 좋다. 내가 보고 싶은 세상, 내가 담고 싶은 세상에 깊이 빠져들 수 있어서 좋다. 내 마음이 가는 대로 머릿속에 떠오르는 대로 하루를 채울 수 있어서 좋다. 홀로 심야영화를 즐기는 사람들의 이유와 비슷할지도 모르겠다. 하지만 때로는 함께하는 여행이 필요하다. 어쩌면 요즘 같은 세상에는 더 자주 필요할지도 모르겠다. 그저 잠깐 어울려 먹고 마시고 떠드는 시간들 속에서는 '함께'라는 말의 의미가 약하다.

이왕이면 둘이 좋다. 둘이서 함께 서로의 생각대로 하루를 움직여 보는 것. 그
사람의 걸음, 그 사람의 호흡을 신경 쓰며 하루를 보내다 보면 그동안 보지 못
했던 세상이 보인다. 내 시선으로만 가득 차 있던 세상에 새로운 시선이 들어
와, 때로는 막혀 있던 생각을 열어 주고, 답이 없었던 이야기에 답을 찾아 준다.
내 삶이 여유로울 때는 혼자 여행하는 것이 좋다. 반대로 내 삶이 무겁고 지칠
때면 둘이 함께 걷는 것이 좋다. 함께―라는 말은 그럴 때 더 의미가 있다.

"북촌 팔경이라고, TV에 나오던데. 가 봤어?"

하나

잠시 멈추어

다시 갔을 때는 사라지고 없었다.

그래서 그냥 모든 곳에서

잠시, 멈추었다.

북촌 이곳저곳의 바닥에는
작은 글씨가 새겨진
납작한 쇠판이 붙어 있었다.

PHOTO SPOT

좋은 사진을 위한 위치라기보다는
풍경을 한눈에 볼 수 있는 곳.
다시 생각해 보면
사진을 찍으라는 의미보다는
잠시 멈추라는 뜻이 아니었을까.

그저 한 번에 지나쳐 가지 말고
잠시 멈추어 바라보라고.
잠시 멈추어 담아 가라고.
늘 빠르게만 걸어가느라
발견하는 것보다 놓치는 것이
더 많은 우리니까.

이곳에서, 잠시…

누군가 그렇게 말해 주지 않으면
누군가 그렇게 불러 주지 않으면
그저 정신없이 앞으로만
목적지를 향해서 일직선으로만
달려가는 우리니까.

#둘

그 사람의 걸음

혼자 하는 여행이 쉼과 경험이라면
함께 하는 여행은 웃음과 추억이다.

그녀는 나보다도 호기심이 많았다.
쇠붙이 위에 멈추어 사진을 찍고
또 다시 바쁘게 움직이며
이 골목 저 골목을 사진 속에 담으며
자신의 시선을 즐겼다.
그런 모습이 보기 좋았는지
그날의 내 사진 속에는
북촌의 풍경보다 그녀의 모습이
더 또렷했고, 선명했다.

그 사람의 걸음에 맞춰
걷는 내 모습을 보았다.
그 사람이 바라보는 방향을 따라
고개를 돌리는 내 모습을 보았다.
대화가 많지 않았지만
우리 모습은 제법 시끌벅적했다.
사진을 찍다가, 웃고
길가에 고양이를 보고, 웃고
거울에 비친 우리를 보고, 웃었다.

혼자서는 결코

겪을 수 없는 이야기.

혼자서는 결코

남길 수 없는 이야기.

웅크린 여인

당신을 안아 줄 이도 있어야 했다.
당신을 토닥여 줄 이도 있어야 했다.
당신은 늘, 안아 주기만 했으니까.

북촌에 가 본 사람이라면
아니, 조금이라도 주변을
둘러보며 걷는 사람이라면
어느 언덕 길 중턱에 있는
웅크린 여인을 보았을 것이다.
몇 년 전에도 그 자리에 있었고
작년에도 그대로 있더니
아직까지도 힘없이 그렇게
웅크린 채 앉아 있었다.

쓸쓸해 보인다는 생각을 했다.
낯설지 않다는 생각, 그리고
언젠가 방 한구석에서
나만의 아픔, 나만의 시간에 갇혀
나도 그렇게 웅크렸다는 생각.

손을 뻗어 여인의
머리를 쓰다듬으려다
손이 닿지 않아 등을 쓰다듬었다.

그녀는 먼지가 묻어 거뭇해진
내 손을 보며 웃었다.

내 손에 묻은 먼지만큼
네 아픔도 덜어졌으면 좋겠다고
거뭇해진 손으로 한 번 더
등을 쓰다듬었다.

그냥, 그대로

다시 혼자서 북촌에 갔던 날,

나는 한 시간 내내 그 길을 찾지 못했다.

지도가 필요했다.

아니면, 그녀가 필요했거나.

오래전부터 지도를 싫어했다.
정해진 답에 의존해서
나아가는 것은 도저히
여행답지 않다는 생각 때문에,
길을 찾지 못하는 순간에도
핸드폰을 뒤적거리지 않았다.
그래서 초행길에는 남들보다
더 많은 시간을 들이곤 했다.
그만큼, 더 천천히 누릴 수 있었지만
사실 그만큼, 가 보지 못하는 곳도 많았다.

그녀는 나와 전혀 달랐다.
지도를 꼼꼼히 살펴보며
어느 한 곳 놓치지 않으려고
한 걸음씩 길을 찾아 나갔다.
보이는 대로 발이 가는 대로
걷다 보면 나 혼자였다.
뒤돌아보니 지도를 높이 들고
샛길로 들어가는 그녀가 보였다.

그녀를 놓칠까 싶어 쫓아가 보니
내가 놓쳐서는 안 될 곳이었다.
기와들로 가득 찬 북촌의 풍경이

한눈에 들어오는 길이었다.
조금 더 높이 보고 싶어
담벼락 위로 올라섰다.
보지 않았으면 몰랐겠지만
보지 않았다면 후회했을 풍경.
북촌의 흘러온 시간이 그곳에 있었다.
위험하다며 어서 내려오라고
안절부절못하며 내게 손짓하는
그녀의 성화에, 못 이긴 척
사진을 몇 장 찍고 내려왔다.

아, 예쁘다…

담벼락에 올라서자마자 든 생각이었고
사진을 보자마자 그녀가 한 말이었다.
어떤 복잡한 표현이 아니라
그냥 있는 그대로의 표현.

아, 예쁘다.

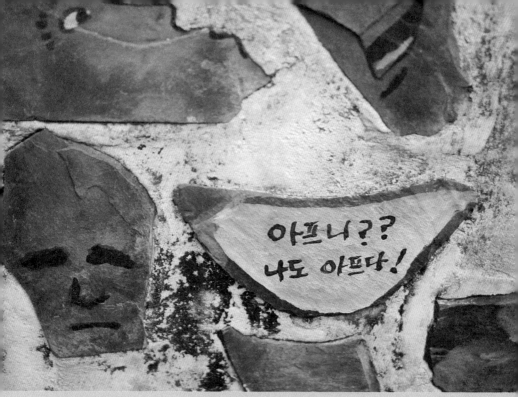

세월에 묻혀

남의 담벼락에 낙서를 해서는 안 된다.
그러니까, 남의 마음에도 허락 없이
흔적을 남기고 떠나서도 안 된다.

누군가는 선유도의 어느 녹슨 벽 위에
누군가는 남산 꼭대기의 어느 자물쇠 위에
누군가는 호수공원의 어느 돌담 위에
누군가는 북촌 골목의 어느 담벼락 위에
누군가는 그 사람의 집 철문 위에
서로의 장소에 서로의 추억을 담아
아주 작은 글씨로 몰래 남겨 놓았을

우리-였다는 흔적.

다음 달에 혹은 내년에
다시 와서 확인하자며 돌아서고는
어느새 잊어버리고
오랜 세월이 흐르고서야
그 사람이 그리워 찾아가 보면
더 이상 조금의 흔적도 찾을 수 없는.
대부분의 흔적은 그렇게
빗물에, 페인트칠에 혹은 먼지에
아니 사실은 세월에 묻혀

사라져 간다.

한참을 바라보게 만든 낙서가 있었다.
매달 날짜를 적어 가며 이어 내려간
어느 연인의 짧고 긴 낙서.
그들은 그렇게 두 손을 꼭 잡고
달마다 그곳을 찾아와
우리-가 되기로 했음을
되새기고, 되새기고 또
함께 걷기로 다짐했나 보다.

그들이 옳았다.
우리도 그랬어야 했다.

지금 네 곁에

그 사람이, 당신이었으면,
그 곳이, 당신의 집이었으면,
그 책이, 당신의 이야기였으면

좋겠다는 말이다.

집으로 돌아오는 길,
커다란 간판에 새겨져 있던
글 앞에 한참 동안 발이 묶였다.

지금 네 곁에 있는 사람
네가 자주 가는 곳
네가 읽는 책들이 너를 말해 준다.

그때는 몰랐는데
지금 다시 읽어 보니
그저 입가에 웃음이 번진다.

지금 내가 이곳에 쓰려는 말을
단 세 줄로 정리했으니
더 이상 쓸 말이 없다.

오로지 당신 쪽으로

지금 쓰는 이 글에도
명확한 방향이 있어야 한다면
나는 오로지 당신 쪽으로 쓰겠습니다.

그냥 지나가려다가
결국 멈춰 섰습니다.
잠깐 머물려다가
한참을 머뭇거렸습니다.
당신이 웃고 있던 그 자리.
오래전 어느 날
당신이 나를 보며 해맑게
웃고 있던 그 자리입니다.

내 눈에는 보였습니다.
내 눈에만 보였습니다.
흐릿한 기억의 그림자.
당신이 기대어 있던 흔적이
보이고 말았습니다.
아무도 없는 그 자리를
혼자서 멍하니 보고 있다가
목덜미가 타는 줄도 몰랐습니다.

그곳에 당신이 있을 때에는

행복하고, 행복하고, 행복해서
글을 쓸 수가 없었습니다.
그곳에 당신이 없으니
그동안 쓰지 못했던
그동안 쓰려 하지 않았던
글을 쓰는 나를 봅니다.

당신이라는 행복에 빠져서
글을 써야 할 이유를 잃어서
글을 쓰는 방법을 잊어서
그래서 세상이 내게서
당신을 빼앗아 갔나 봅니다.
지금이라면, 당신이 서 있던
그 자리만 보고도
한 편의 소설을 쓰겠습니다.

그래요. 나는 당신을 잃고서
가장 애틋하고 꾸밈이 없는
간절함을 얻었습니다.

지금 이 모습 이대로

고 궁

———

가까운 곳을 향한,

그리고 지금 닿을 수 있는 곳을 향한 여행.

이 작은 여행의 장점은 언제든지 조금만 시간을 내면 다시 그곳을 찾아갈 수 있다는 것이다. 그래서 나는 여행을 다닐 때마다 많은 흔적을 남겨 놓는다. 그곳에 어떠한 표시를 남기는 것이 아니라, 마음의 흔적을 남긴다. 서울숲 구석 나무들 사이에 홀로 있던 벤치라든가, 하늘공원 중앙에 있는 돌담이라든가, 북촌 오르막길에 있는 웅크린 여인상이라든가. 그곳에 이야기를 남겨 다시 그곳을 마주했을 때 그날의 이야기를 떠올리고 그날의 교훈을 떠올린다. 그런데 슬프게도, 변화가 잦은 곳이 많다. 1년 만에 다시 찾아가도 사라졌거나 새롭게 변화되어 그날의 기억이 가려질 때가 많다. 하루 종일 머물며 가장 많은 글을 썼던, 홍대 건너편 길가의 카페가 어느 날 갑자기 사라져 버렸듯이….

그렇게 빠른 변화 속에서도 변하지 않는 곳이 있다. 오래전 모습을 그대로 보존
해야 하기에 더더욱 변할 수 없는 곳. 그래서 매년 매 계절마다 찾아가 자신 있
게 마음의 흔적을 남기는 곳. 혼자서, 친구와, 사랑하는 이와 찾아가서 한 번 이
야기를 남기면 몇 년이 흘러도 그 이야기 그대로 마주할 수 있는 곳, 바로 고궁
이다.

내 손으로

한국의 이야기, 한국의 풍경이

담긴 곳을 와 보지도 않고

그동안 여행, 여행, 여행을

얘기한 자신이

부끄러웠다.

처음에는 궁이 싫었다.
가 보지도 않고서 답답할 것이라고
평범하고 지루할 것이라고.
책을 사러 광화문에 자주 가면서도
궁은 멀리서 입구를 한 번 쳐다볼 뿐
가까이 가지 않았다.

한참 사진에 푹 빠졌을 때
그리고 사진의 계절인 가을이 왔을 때
경복궁의 가을이 붉고 아름답다는
글을 보고서 처음 궁으로 향했다.
무엇을 찍을지에 대한 생각도
무슨 이야기를 꺼낼지에 대한
생각도 없이 궁 안에 들어섰다.

처음에는 놀랍다는 생각,
그 규칙적인 배열들이.
조금 지나서는 멋지다는 생각,
그 조화로운 색감들이.

한 번 돌아보고 나서는

왜 이제야 왔을까?

여행을 다니며 처음으로
벽이며 바닥을 일일이
내 손으로 만졌다.
그 감촉만으로도 이곳에,
이 자리에 많은 이야기가
있었을 거라는 확신이 들었다.

궁을 돌아보는 그 긴 시간 동안
손이 거뭇해지는 것은 아랑곳하지 않고
벽이며 흙을 만지고 또 만졌다.

눈 속에 천천히

사람을 볼 때도 똑같지 않았던가.
처음 서로를 바라보던 때의
그 온전한 시선을

어느새 잊지 않았던가 말이다.

단풍나무가 궁 안 이곳저곳에서
벌겋게 타오르고 있었다.
다른 어울리는 말이 없을 정도로
참 예쁘게도 타올랐다.
바닥에 떨어진 단풍잎을
하나 주워 손바닥 위에 올렸다.
그 붉은 것을 사진 속에 담으려는데
단풍잎 너머로 그녀의 모습이 보였다.
양산으로 슬쩍 햇빛을 가린 채
홀로 걷고 있는 그녀.

가방에서 낯선 언어의 책자를 꺼냈다.
타국에서 온 여행객일까.
책자를 펼쳐 보며 느릿느릿 걷는
그녀를 따라 나도 느릿느릿 걸었다.
낯선 곳을 바라보는 시선과
낯선 곳을 걷는 걸음걸이.
쉽게 다시 볼 수 없는 것들을
바라보는 이의 정중한 시선.

나도 여행 중에는 저런 모습이었을까.
나도 저렇게 풍경 하나하나를
눈 속에 천천히, 올바르게 담았을까.
한두 번 보았다는 이유로
제대로 바라보기나 했을까.

그날만큼은 그녀를 따라
담벼락 위에 떨어진 낙엽부터
기와 하나 하나의 생김새까지
그 안에 있는 모든 이야기를
찬찬히 눈 속에 담았다.

모든 것을, 처음으로 바라보듯이.
모든 것을, 마지막으로 바라보듯이.

그 자리에 있어 줘서

생각만큼 나쁘지는 않을 것이다.

생각만큼 실망스럽지도 않을 것이다.

여행에서만큼은 먼저 움직이고,

그 후에 생각하는 것이 좋다.

아 글쎄, 이런 날씨에는
볼 거 없다니까….

사진 좀 배워 보겠다는 그에게
나는 출발부터 짜증을 냈다.
한강도 얼어붙은 추운 겨울에
조금씩 흘러내리는 비까지.
질퍽해진 흙바닥 위를
힘겹게 걸어야 했던 탓이다.
한 손에는 커다란 우산을
챙겨야 했던 탓이다.

조금씩 줄어들던 비는
궁에 도착할 즈음
멈추어 더 이상 내리지 않았다.
비가 쏟아질 때는 필요했던 우산이
그치고 나니 어느새 짐이 되었다.
그는 걸리적거리는 우산을
잠시 문고리에 걸어 두자고 했다.

누군가 가져가지 않을까
고민할 새도 없이 그는
내 우산을 빼앗아 고리에 걸었다.
그리고 조금은 가벼워진 몸으로
차갑고 어두운 궁 안으로 들어섰다.

볼 거 없다더니,
뭘 그렇게 열심히 찍어?

차갑게 얼어붙은 궁의 모습은
머릿속에 그려 본 이미지보다
더 풍성한 느낌이었다.
우아했고, 기품이 있었다.
차분했고, 무게가 있었다.

직접 마주하지도 않고서
볼 게 없다고 말했던 것이 부끄러워
더욱 열심히 셔터를 눌렀다.
차갑게 덮여 버린 붉은 기와들이며

하얗게 얼어붙은 동그란 우물까지
조금도 지루하지 않았다.
조금도 부족함이 없었다.

밖으로 나오는 길
여전히 문고리에 걸려 있는
내 우산을 보고는 웃어 버렸다.
다 쓸데없는 고민이었다.

그래야만 한다

내 마음이 그래야만 한다.

내 사랑이 그래야만 한다.

그리고 나에 대한

네 기억이 그래야만 한다.

사계절 내내 경복궁에 들렀다.
매번 같은 곳에서 사진을 찍었다.
기와집이며 궁들은 모두 그대로였지만
나무와 꽃, 잎들은 항상 달랐다.
바닥에 떨어진 잎의 색이며
찾아온 이들의 모습도 늘 달랐다.
그렇게 모든 것이 변하는데 궁은
항상 그 색을 잃지 않았다.

모든 것이 다 변해도
그대로 보존되어야 하는 것.
모든 것이 있다가 사라져도
그대로 남아 있어야 하는 것.
궁에게는 그런 사명이 있었고
나 역시 같은 다짐을 하기 위해
몇 번이고 궁을 찾아갔다.

지식이 쌓이고
경험이 쌓이고

시간이 쌓여서
내 모든 것이 변하더라도
변하지 말아야 할 것이 있다.

지금 이 모습으로
지금 이 시간으로
네 곁에 머물러야 한다.
내 곁에 머물러야만 한다.

기억에도 색이 있다면

당 산 역   4 번   출 구

―――――

갔던 곳에 가고 또 가고,

또 가는 나를 보며 지겹지 않느냐고 묻곤 했지만 난 열 번씩 스무 번씩 갔던 곳
에 다시 갈 때가 많았다. 가 봤자 달라질 게 뭐 있겠냐고 묻지만, 갈 때마다 달
랐다. 그곳에 색이 달랐고 그곳에 대한 기억이 달랐다. 한 달에도 몇 번씩 내 기
억이 머무르는 곳을 찾아갔다. 무의식중에 발길이 향하는 날도 있었다. 기억이
겹치고 또 겹쳐서 새로운 기억이 되지는 않았지만, 새로운 시선을 갖게 했다.

처음 갔을 때는 넓게 트인 파란 하늘이 눈에 들어왔다면, 다시 갔을 때에는 손
을 잡고 걷는 연인들이 보였다. 세 번째 갔을 때는 도로 위에 멈춰선 자동차들
이 보였고, 열 번째쯤 되어서야 그 길에 서 있는 내가 보였다. 관광이라면 지루
할지도 모르겠다. 관광이라면 늘 똑같을지도 모르겠다. 하지만 여행은 다르다.
이 작은 여행에서 마주하는 모든 세상은, 몇 번을 다시 마주해도 늘 새로운 이
야기를 남긴다.

발길이 향하는 곳

달리는 열차 안에서 바라보면

때로는 당산이 당신으로

보이기도 한다.

누구에게나 자신만의
쉼터가 있기 마련이다.
잠시 기억 속을 뒤집어 보면
떠오르는 곳 그리고
이유 없이 찾게 되는 곳.

도망치고 싶을 때
피하고 싶을 때
외로움에 쫓길 때
하루 종일 생각에 잠기고 싶을 때
그리고 그 사람이 그리울 때
생각나는 곳 그리고
한 번쯤 가 볼까 싶었던 곳.
문득 발길이 향하는 곳이
분명 있을 것이다.

내게도 오래전부터
쉼터가 되어 준 공간이 있다.
당산역 4번 출구

푸른 하늘을 뚫고

그래서 나도 열차처럼 그렇게

저 너머의 꿈속으로

달려가리라 마음먹었다.

역에서부터 한강으로 이어진
길게 뻗은 다리 위를 걷다가
몇 걸음 가지 못하고 멈춰 섰다.
길이 끝나서가 아니라
누리고 싶은 풍경 탓이었다.
멍하니 하늘을 보고 있으니
반가운 소리가 들려왔다.
있는 힘껏 달려 나가는 소리.
열차가 하늘을 향해 가고 있었다.

푸른 하늘을 뚫고
넓은 강물을 가르며
달려가는 열차를
멍하니 보고 있노라면
이유 없이 기분이 좋아졌다.
내게 등을 보이며 달려가는
그 당당한 뒷모습에서는
아무런 미련도 느낄 수 없었다.

어디까지라도 그렇게
달려갈 것 같아서,
언제까지라도 그렇게
달려 줄 것만 같아서

내 마음까지도 단단해졌다.

조금 더, 행복한 한 걸음

처음에는 당신 때문이었는데

이제는, 나 때문이다.

나의 4번 출구에는
푸른 하늘이 있다.
달려가는 열차가 있다.
말없이 흐르는 강과
오래전, 당신의 뒷모습이 있다.
난간에 기대어 사진을 찍다가
당신을 지나치고 나서야
당신인 줄 알았던 날.
보고 싶어도 볼 수 없던 당신을
우연에 우연이 겹쳐서야 겨우
마주쳤던 유일한 날.

뒤늦게 당신인 걸 알았지만
잡을 수 없어서 말없이
당신의 뒷모습을 사진에 담았던 날.
아니, 담았던 곳.
그곳에서 점점 멀어지는
당신의 뒷모습을 보면서
언젠가 이 길 위에서 다시 만나자고

바보처럼 혼자 약속을 했다.
그리고 그때의 바보 같은 약속이
지금의 내게는 선물이 되었다.

이곳에 올 때마다 나는
누군가의 기억 속에, 아니
마주치는 모두의 기억 속에
조금 더 행복한 뒷모습을 보여 주자고
몇 번이고 다짐을 한다.

조금 더 행복한 한 걸음을
내딛게 만들어 준다.

기억에도 색이 있다면

투명하다는 것은
색이 없다는 말인데도
투명한 색이라고 쓰고 싶다.

억지스럽지만
색이 없는 기억은 싫다.

난간에 기대어 바라본다.
늘 카메라 속에 담느라고
바빴던 두 팔을 난간에 기대고
하루쯤은 두 눈에 담아 본다.
파란 하늘, 하얀 구름
주황색 택시, 연두색 버스
갈색 나뭇가지, 초록색 나뭇잎
카키색 가방, 검은색 카메라
회색 아스팔트, 분홍색 보도.

온갖 색이 그곳에 있다.
온갖 이야기가 그 안에 있다.
그 수많은 색들 사이에서
기억의 색을 찾아본다.
기억에도 색이 있다면
눈물을 닮아 하늘색일까
아픔을 닮아 빨간색일까
당신의 뒷모습을 닮아
투명한 색일까.

바람이 내게 물었다

그러니까 그런 날에는

나도 모르겠다! 소리치고

어디로든, 어디까지든

가 보자.

바람이 내게 물었다.
어디까지 가느냐고.
나는 모르겠다고 답했다.
내가 바람에게 물었다.
어디로 가느냐고.
바람은 모르겠다고 답했다.

다시 곱씹어 보니
물어본 것이 아니라
바라는 것이었다.

어디로- 가지 말고
어디로든 가라고.
어디까지- 가지 말고
어디까지든 가라고.

꿈에도 사랑에도
한계가 있다고 느끼는 것은
내가 그렇게 정해 놓은 탓이다.

#그리고

무엇을 담고 있을지

어디를 여행하든 항상 사진 속에
뒷모습을 남기려는 편이다.

그래야만 또
떠날 수 있을 것 같아서.

여행 중에는, 아니 내가
홀로 가만히 서 있을 때에는
사람의 뒷모습이 싫다.
나만 두고 다들 어디론가
열심히 가고 있는 것 같아서.
나만 멈춘 채로 모두가 그렇게
흘러가는 것 같아서.
그런데 나도 누군가에게는
그런 뒷모습을 남겼을 것이라
생각해 보면 또 쓸쓸하다.

공항 게이트를 뒷걸음으로
들어갔다는 친구의 말이 떠올랐다.
마치 기약 없는 이별을
말하는 것만 같아서
뒷모습을 보여 주기 싫었다고.
얼마 후면 지금처럼 웃으며
돌아오겠다는 의미로 그렇게
더듬더듬 뒷걸음질을 했다니

참 생각이 깊다.
모두의 뒷모습이 항상
슬프지만은 않을 것이나.
그녀는 멀리서도 내 뒷모습을
알아보고 달려와 안기곤 했다.
커다란 가방이며 걷어 올린 소매,
매달려 있는 모자나 낡은 단화까지
언제든 여행을 떠날 것 같은 모습이라
누가 봐도 알아볼 것이라며 웃곤 했다.

문득 지금의 내 뒷모습을
보고 싶다는 생각이 들었다.
무엇을 담고 있을지.
슬픔일지 그리움일지
아련함일지 자신감일지.
당신에게는, 당신에게만큼은
언제라도 뒤돌아 안아 줄 것 같은
설렘 가득한 뒷모습으로
남아 있을지.

3

누리고 싶은 대로, 그 자리에서 걷기

길 위에서
항 동 철 길

———

아무 목적지 없이 걷고 싶은 날이 있다.

끝이 보이지 않는 쭉 뻗은 길이 좋다. 도착 지점을 알 수 없어 답답할지도 모르 겠지만, 어디까지라도 갈 수 있을 것 같아 내 마음이 설렌다. 짧게 끝나는 길 위 에서는 뒤를 돌아볼 여유마저도 없다. 내가 걸어온 흔적을, 내가 마주한 세상을 바라볼 틈조차 없다. 그래서 어느 여름 날, 택시기사의 실수로 잘못 내린 길 위 에서도 나는 바보처럼 웃으며 한없이 걸었다. 햇볕은 뜨거웠고 길은 끝이 보이 지 않았지만, 보이지 않는 끝을 향해 내딛는 걸음걸음이 제법 즐거웠다.

길에도 여러 가지 이름이 있다. 살면서 자주 마주해야 하는 갈림길, 억울하지만 가야 하는 일방향길, 떠나는 이의 흔적이 남는 눈길, 마음까지 씻어 내릴 것 같은 빗길, 당신이 걱정스러운 밤길, 한 걸음에 달려가는 지름길, 그리고 우리가 걷기 위한 길은 아니지만 걷고 싶게 만드는 기찻길.

친구들과 어울려 놀러 갔던 날, 운행이 끝난 강촌역에서. 할아버지를 뵈러 갔던 날, 버려진 구 청평역에서. 나는 쭉 뻗은 기찻길 위를 걸었고, 그 길의 매력에 푹 빠졌다. 그래서 요즘도 자주 철길을 걸으며 생각을 정리하곤 한다. 항동 중앙에 놓인, 쭉 뻗은 철길 위에서.

너머의 길

언제든지 찾아가서 말없이 걷다가
다시 돌아올 수 있는 길이 있어서
얼마나 다행인지.

아직 보지 못한 너머를
계속 꿈꿀 수 있어서
얼마나 설레는지.

철길은 누구에게나 매력적인 길이다.
규칙적으로 쭉 뻗은 길이지만
울퉁불퉁한 돌멩이들 덕분인지
걷는 내내 지루함이 없다.
이제는 수많은 이들이
그 길을 걷기 위해 찾아온다.

달려가기에는 불편한 길이지만
천천히 걷기에는 좋은 길.
혼자 걷는 날에는 평온하고
함께 걷는 날에는 사랑스러운 길.
뜨거운 여름에는 불그스름하다가도
차가운 겨울에는 하얗게 물드는 길.

나는 그 길을 자주 걸으면서도
단 한 번도 끝까지 간 적이 없다.
저 앞에서 길이 꺾여
끝이 보이지 않을 때쯤이면
다시 발길을 돌렸다.

앞으로도 이 길 위에서
끝을 볼 마음은 없다.
그렇게 평생 너머의 길을
상상하며, 그려 보며, 떠올리며
내 길을 이어가고 싶다.

쉬어야 할 때

집으로 오는 길에 내내 생각했다.
내가 쉬어야 할 때는 언제일까?

그 생각을 가진, 그날이었다.

이른 아침 철길을 걷다가
그곳에 걸터앉아 쉬고 있는
어느 노인의 모습을 보고는
나도 멀찌감치 떨어진 채
새까만 철길 위에 앉았다.
아직 새벽의 온도가 남은 탓인지
엉덩이가 조금 차가웠다.

무슨 생각을 하고 있을까.
나는 나대로 생각들을 정리하며
틈틈이 그 노인을 바라보았다.
그저 잠깐씩 하늘을 올려다보고
또 잠깐씩 길옆의 풀잎을 보고
바닥은 내려다보지 않았다.
쉬어야 할 때구나, 싶었다.
무슨 이유가 있어서가 아니라
지금은 잠시 쉼이 필요한 때라서
머물러 앉아 있다는 생각이 들었다.

꿈도 그랬고, 사랑도 그랬다.

조금이라도 빨리 이루고 싶어서

온 힘을 다해 달리고 또 달렸지만

쉬어야 할 때를 알아야만 했다.

분명, 도달할 수 있음에도

쉬어야 할 때를 놓쳐

목적지 자체를 잃어버릴 때가 많았다.

올해 혹은 이번 달.

이번 주 혹은 바로 지금.

걸음을 멈추고 가던 길 어딘가에

걸터앉아 쉼을 취하자.

다시 또 한 걸음, 내딛기 위해

다시 또 한 고개, 넘어서기 위해

다시 또 한 사람, 손잡아주기 위해.

한 번은 반드시 웃는다

내 사진도 한 장 찍어 달라고
말하고 싶었지만 그러지 못했다.

그때는 아직 그렇게
웃을 자신이 없었다.

저… 라고 말하고는
한참을 뜸을 들이고 있기에
내게 내미는 핸드폰을 보고 답했다.

아, 사진이요?

그녀는 밝게 웃으며 고개를 끄덕였다.
철길 양옆으로 피어오른

코스모스가 무척이나 예뻤다.
아마 그녀도 그 코스모스와 함께
사진 속에 담기고 싶었나 보다.

한 장 더 찍어 드리겠다며
내 멋대로 몇 장을 더 찍었다.
말하지는 않았지만 그래 주길 바랐는지
그녀는 조금 더 활짝 웃으며
코스모스 뒤로 슬쩍 얼굴을 숨겼다.
그 모습이 참, 예뻤다.
한국 사람이 아닌 것일까.
말 못할 이유가 있는 것일까.
그녀는 고맙다는 말 대신에
세 번이나 고개를 숙여 인사하고
다시 철길을 걷기 시작했다.

이곳저곳 돌아다니다 보면
사진을 찍어 달라는 이들이 참 많았다.
그렇게 부탁을 받으면,

그들의 핸드폰이며 카메라를
내 손에 쥐고 나면
한 번으로 끝내는 적이 없다.
세 장 네 장씩 그들을 모델 삼아
내 마음껏 사진을 찍는다.
사진 한 장에는 장문의 글보다도
많은 이야기가 담길 수 있지만
때로는 한 장으로 부족할 때가 있다.
서너 장씩 찍으며 그들이 좀 더
밝게 웃는 순간을 기다리는 것이다.
그중에 한 번은 반드시
활짝 웃는다.

때로는 농담 한 번 건네며
긴장을 풀어 줄 때도 있다.
멋진 풍경을 기념하기 위해
배경 삼아 찍는 것이겠지만
활짝 웃는 얼굴만큼
멋진 풍경은 없다.

그럼에도 우리는 가야 한다

결국 이름 붙이기 나름이다.
지금 이게 고난일지 기회일지
내가 정하기 나름이다.

여행도 마찬가지다.

삼거리를 보고 누군가는
살림길이라고 하지만
누군가는 갈라졌던 두 길이
만나는 길이라고 한다.
지금 우리가 서 있는 이 길이
어디로 향할지, 어떤 형태의 길일지
가 보지 않고서는 알 수 없지만
그럼에도 우리는 가야 한다.

서울까지 10km라고
정해진 길 정해진 거리를
가는 것이 아니라,
정해진 것이 없어도
걸으면 걷는 대로
뛰면 뛰는 대로
멈추면 멈추는 대로
길은 내게 답을 줄 것이다.

우리 삶은 수천 가지

혹은 수만 가지의 길이
끝없이 얽혀 있다.
그러므로 우리에게
옳은 길은 없다.
쉬운 길도 없다.

어차피 그런 것이라면
즐겁게 나의 길을 가자.
아무리 복잡하고 험난한 길이라도
걷고 있으면 그것이 나의 길이다.
내 길의 끝을 결정하는 것은
내 길의 형태를 완성하는 것은
나의 작은 선택일 뿐이다.

사람이 그리워졌다

당신의 모습을 카메라에 담더라도
당신의 마음은 내 눈으로만 보겠다.
다시는 당신에게 무례하지 않겠다.

그렇게 다짐했다.

아침 일찍, 일을 나가기 전
바쁘게 움직여 철길로 향했다.
전날 카메라를 떨어뜨린 탓에
이상이 없는지 확인하고 싶었고
새벽 공기를 마시고 싶었고
조용히 걷고 싶었다.
급한 마음에 아침 먹을 시간도 없어
역 앞의 아주머니께 김밥을 두 줄 샀다.

한 손에는 카메라를 들고
다른 한 손에는 김밥을 들고
철길로 걸어가는 동안 급하게 먹었다.

어디를 가든지 카메라를 챙겼다.
무슨 일을 하든지 카메라가 있었다.
그래서 카메라가 떨어지는 순간,
둔탁한 소리와 함께 내 눈앞에서
카메라가 분해되는 순간,
내 일상도 조금은 부서지지 않았을까.
그런 생각에 괜스레 겁이 나
더 일찍부터 움직였다.

걱정과 다르게 카메라는 멀쩡했다.
작은 문제들이 눈에 보였지만
그보다는 카메라 하나에 벌벌 떠는
내 모습이 더 문제였다.
정신없이 움직이는 나를 보며
그동안 나라는 사람이 얼마나

카메라 속 세상에만 몰두했는지
그 안에 담기는 세상에만
집중하고 있었는지 떠올렸다.

그래서 사진을 몇 장 찍지도 못하고
철길을 몇 걸음 걷지도 못하고
몸을 돌려야 했다.
불안하게 달려온 길을 돌아보니

사람이 그리워졌다.

혹시

당신의 아픔에 나는
이만큼이나 걱정했을까.
당신의 침묵에 나는
이만큼이나 불안해했을까.

김밥을 먹은 지는 한참 지났는데
그제야 목이 메여 왔다.

길 위에서

다른 길을 보느라고
내 길의 방향을 잃지 말자.
다른 길을 걷는 이를 보느라고
내 길 끝에 서서 기다리는

당신을 놓쳐서는 안 된다.

길 위에서-라고 적었더니
너는 무슨 뜻이냐고 물었다.
나는 길은 곧 삶을 말한다고 했다.
너는 또 뒤에 생략된 말은
무엇이냐고 물었다.
그래서 나는 뒷말을 적어 넣었다.

길 위에서, 당신을 만났다.

그 글을 멍하니 바라보는 너에게
나는 묻지도 않은 답을 들려주었다.
내가 살아온 삶, 앞으로 살아갈 삶.
그렇게 걷고 걸어갈 길 위에서
건너편 길, 반대로 향하는 길,
갈라진 길이 아닌
내 삶 곧 내 길 위에서
너를 만났다는 말이라고.

지금까지도 그랬고

앞으로도 그럴 것이다.
길 위에서 많은 사람을 만나고
길 위에서 많은 이야기를 나누고
길 위에서 많은 결정을 할 것이다.

반드시 길 위에서여야 한다.
길을 떠난 후에가 아니라
다른 길을 걷기 시작한 후가 아니라
지금 이 길 위에서 해야만 한다.

나도 그렇고, 당신도 그렇다.

네 얘기 좀 해 봐, 들어줄게

카 페

———

소리에 민감하지 않으신가 봐요?

음악 소리가 크게 울려 퍼지는 스피커 앞에 앉아, 조용히 작업을 하고 있는 나를 보며 물었다. 그녀의 생각과 달리 난 소리에 민감한 편이었다. 그럼에도 지금까지 글을 써 오면서 가장 많은 시간을 카페에서 보냈고 가장 많은 이야기를 카페에서 썼다. 숨소리, 웃음소리, 한숨소리 그리고 흐느끼는 소리까지. 그런 사람의 소리 없이는 혼자만의 이야기밖에 쓸 수 없는 탓이다.

그렇게 웅성거리는 사람들의 소리 틈에 하루 종일 앉아서, 생각하고 글을 쓰고, 바라보고 글을 쓰고, 귀를 기울이고 글을 썼다. 그러다 생각이 막히면 가방에서

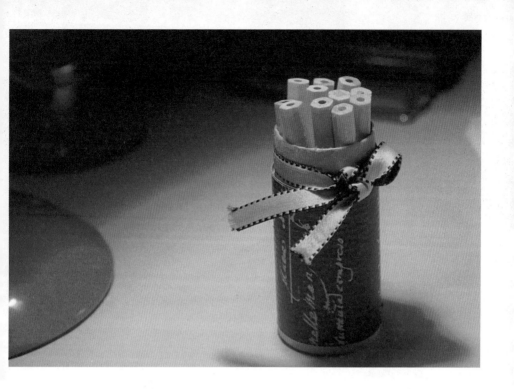

책을 꺼내어 펼쳤다. 책 속에는 내가 아닌 또 다른 누군가의 삶이 한 가득 담겨 있었다. 때로는 소설이었고, 때로는 에세이 그리고 때로는 시였다. 주어진 시간, 주어진 환경 속에서 그 책 속에 담긴 이야기를 여행할 수 있었다.

내 머릿속에서 나온 생각만으로는 부족하다. 우리는 크든 작든 반드시 보이지 않는 틀 안에 갇혀 있기 때문에 할 수 있는 생각도 행동도 한정적이다. 그 틀을 깨뜨려 준 곳이 카페였다. 그것을 열어 준 것이 책이었다. 커피, 책 그리고 연습장과 펜이 있다면 카페만큼 좋은 여행지도 없을 것이다.

참을 수가 없었다

내 삶의 힌트는 한 가지였다.
글을 읽는 순간의 재미보다는
읽히는 순간의 감격을 원했다.

그렇게 책 속에서 나를 찾았다.

판타지를 좋아하던 시절이 있었다.
친구들이 만화책을 볼 때
나는 판타지 소설책을 펼쳤다.
재미도 재미였지만 신기해서였다.
내가 모르는 세상, 존재하지 않지만
상상력을 자극하는 이야기들이
신기해서 그리고 들어가고 싶어서
얼굴을 책에 더 가까이 했다.

다음 이야기가 궁금하다는 생각 대신에
어떻게 이런 생각을 했을까 질문했다.
어떤 책이든 끝까지 읽은 적은 없었다.
끈기가 없었던 것일지도 모르지만
나도 쓰고 싶어서, 참을 수가 없었다.

책을 두 권 읽으면 한 달 동안
연습장 두 권을 채웠다.
내가 이야기를 읽으며 느낀 것들을
누군가 내 글을 통해서도 느낄 수 있을까.

궁금해서, 알고 싶어서
연습장을 글로 가득 채우고
친구들에게 읽게 했다.

누군가는 책에서 재미를 얻고
누군가는 책에서 위로를 얻고
누군가는 책에서 방법을 얻는다.
사람이라면 누구나 책 속에서
아직 가지 못한 세상을 갈 수 있고
아직 걷지 못한 길을 걸을 수 있다.

아직 얻지 못한 내 삶의 힌트를
책 속에서 찾을 수 있다는 것이다.

종이와 펜, 카메라를 들고

내가 오랜 시간 머물던
동네의 작은 카페에는
유난히 작가들이 많았다.

글 속을 여행하는 사람들.

지금 이 책을 읽고 있는
당신과 참 닮은 사람들.

책 한 권이 자유롭게 사람을 거쳐
이곳에서 저곳으로 번져 가는
특별한 이야기를 읽은 적이 있다.
누군가 책을 다 읽고 난 후
어딘가에 내려놓으며 시작된다.
책의 첫 페이지에는 아마도
이렇게 쓰여 있을 것이다.

편하게 읽고, 어딘가에 놓아 주세요.

같은 날이든 다른 날이든
누군가 다시 그 책을 만나
첫 페이지를 보고는 웃을 것이다.
그러고는 가져가 자신만의 공간에서
조금씩 읽어 나갈 것이다.
그렇게 그 책을 다 읽고 나면
또 다시 자신의 마지막 자리에
그 책을 조용히 내려놓고 떠난다.
책은 천천히 사람과 사람을 거쳐
세상을 여행하게 되는 것이다.
우리가 책 속을 여행하는 것이 아니라
책이 우리를 여행한다니,
그보다 멋진 독서가 있을까.

요즘 사람들은 책도 잘 안 읽는데
왜 하필 작가를 택했냐고 묻기에
특별히 '택한 것'은 아니라고 했다.

작가는 직업이 아니지 않을까라는 생각.
지금 이렇게 이 글을 읽다가 SNS에
생각을 한 줄 정리해서 올리는 이도
충분히 작가가 아닌가 말이다.
종이와 펜을 들고 카메라를 들고
크고 작은 길을 여행하는 사람들.
잠들기 전 하루를 돌아보며
오늘은 어땠노라 끼적이고는
자리에 누워 음악을 듣다가 다시
꿈속에서 책을 펼치는 사람들이
작가가 아니겠냐고 말했다.

내가 사람을 여행하며 글을 쓰듯이
내 글도 그렇게 사람을 여행한다면
그것만으로도 충분히 행복이지 않을까.
그런 생각으로 내 책을 몇 번이고
어딘가에 조용히 내려놓고 떠났다.

그렇게 얘기하는 당신

우리 모두에게 필요한,

먼저 손을 내밀어 주고

귀를 기울여 주는

시간

조심스럽게, 얘기 좀 나누자며
카페로 불러내고는

저기 있잖아…
내 얘기 좀 들어줘!

보다는

그냥, 무턱대고 나오라 해서는
자리에 앉자마자 대뜸

네 얘기 좀 해 봐. 들어줄게.

그렇게 얘기할 수 있는 사람이 좋다.
그렇게 얘기할 수 있는 당신이 좋다.

내 탓일 수 있으니까

내 유리잔은 원래 어떤 색이었는지
당신의 유리잔에는 무엇이 있었는지
이제는 구분할 수 없게 되었지만

볼 수 없다고,
느낄 수 없는 것은 아니다.

얼음이 떠 있는 투명한 유리잔에
에스프레소 잔을 기울이다가
거멓게 번지는 모습을 보면서,
변화를 느낄 수 있는 것은
오로지 처음뿐이라는 생각을 했다.

시간이 흐른 뒤에는
온통 물들고 난 후에는
그 안에 있던 것이 무엇인지
새롭게 흘러 들어오는 것이
무엇인지 알 수가 없다.

물들어 버린 그날 이후로
더 이상 변하지 않는다고
그 사람을 탓하지 말자.
변화를 못 느끼는
내 탓일 수 있으니까.

물들어 보이지 않는 곳에

가만히 앉아 모른 척하지도 말자.
모두 퍼내고 새롭게
채워 줄 마음이 아니라면
노력이라고 할 수 없으니까.

보이지 않는다고
없다고 하지 말았으면.
볼 수 없을 거라고
있다고 하지 말았으면.

지금 이 순간에도

아직 세상을 여행하지 못했던 나는
동네의 작은 카페에서 작가가 되었다.

나는 지금 이 순간에도 카페에 있다.
책의 이름을 따서 카페를 시작한 것은
내게는 제법 용감한 결정이었다.
많은 무게가 실렸고 그만큼
많은 부담감이 따라 붙었다.

그럼에도 그렇게 시작한 이유는
카페만큼 감성을 자극하는 곳이 없는 탓이다.
카페만큼 글을 쓰기 좋은 곳이 없는 탓이다.
카페만큼 생각을 정리하기 좋은 곳은
없다고 확신하는 탓이다.

사람이 없고 조용한 카페에서는
나 자신과의 대화를 담았다.
사람이 많아 북적이는 카페에서는
사람에 대한 그리움을 담았다.
주황빛 조명이 가득한 카페에서는
연인들이 사랑하는 순간을 담았고
카페 창가에 앉은 날에는

기억 끝에 남은 후회를 담았다.

그리고 비까지 내리는 날이면
글 속에 내 눈물을 담았다.

카페에 홀로 앉아 보냈던 시간은
사치도 아니었고 허세도 아니었다.
그 시간을 여유로 받아들이고부터
그곳은 하나의 여행지였다.

마음까지 스며드는 커피의 진한 향을 누리자.
비 내리는 날의 창가 자리를 누리자.
맞은편 연인의 속삭이는 소리를 누리자.
그리고 조용히 책을 펼치자.

그 안으로 들어가서
그 넓은 세상을 누리자.

가던 길로 가야 할 이유는 없다

우 리 동 네

———

매일 아침 떠나는 길, 매일 밤 다시 돌아오는 길.

하루에도 몇 번씩 마주하면서도 어쩌면 가장 낯선 곳이 내가 사는 동네가 아닐
까. 잠이 덜 깨어 피곤한 아침. 피로가 몰려와 지친 저녁. 불편한 마음이 가득한
상태에서만 지나치는 길이다 보니 반갑지도 않고 천천히 돌아볼 여유도 없다.
의무적으로 지나가는 길. 의무적으로 밟는 땅. 의무적으로 바라보는 신호등. 때
로는 어쩔 수 없이 더 빠르게 지나쳐야만 하는 길.

갑자기 시간이 비어서, 갑자기 갈 곳을 잃어서. 천천히 집으로 돌아오던 날 처
음으로 온전히 동네와 마주했다. 어떤 꽃이 있고 어떤 샛길이 있고, 중간중간

그늘을 만들어 주던 나무가 어떤 나무인지, 비를 피하던 터널 위에는 무엇이 있는지, 저 언덕 너머에는 또 무엇이 있을지. 매일 마주하던 공간인데도 낯설게 느껴졌고, 새로웠다. 평소에는 갈 필요 없었던 곳들, 귀찮았던 곳들, 다시 갈 필요 없는 길을 걸어 다녔다. 나와 가장 가까운 길들이었음에도 온통 처음 보는 것들로 가득했다. 동네는, 내게 가장 가까운 여행지였다.

돌아서 가는 길

조금 더 오래 걸리더라도
조금 더 불편하더라도 좋다.
그 길 뒤에 내가 도달하고자 하는
그것이 있다면

정장에 구두를 신고서라도
그 산을 오르고야 말겠다.

집으로 오는 길에는 항상
넓은 터널을 지났다.
언젠가 위를 올려다보니
터널 위쪽에 길이 있었다.
호기심이었을까,
집으로 오는 길에 터널을 지나
위쪽으로 올라가 보니
산과 연결되는 길이 있었다.
잠깐만 가 볼까 싶어 길을 따라 걷다 보니
어느새 깊은 숲 속에 있었다.
조금만 더 걸을까 싶었는데 이미
돌아가기에는 너무 깊이 들어왔기에
계속 나아가기로 했다.

하늘과 초록색 나뭇잎만 보일 정도로
깊은 숲 속을 한참 동안 걸었다.
편안한 복장이 아니어서 땀이 찼다.
오르막길이라 다리도 저리고 힘이 들었다.
그렇다고 돌아가고 싶지는 않았다.

출구를 찾고 싶었다.
그렇게 걷고 또 걷다 보니
문득 익숙한 길이 보였다.
무성하게 자라난 수풀들 사이로
희미하게 보이는 작은 길.
집 뒤쪽에 있는 산으로 오르는
산책로와 연결되어 있었다.

몇 배나 멀리 돌아서 왔지만
땀이 가득 차고 다리가 저렸지만
모르는 길, 그 낯선 길에서
멈추어 뒤로 돌아가지 않고
가야 할 곳을 찾아냈다는 사실이
축 처진 어깨를 펴 주었다.

늘 가던 길로 가야 할 이유는 없다.
평평한 길로만, 익숙하고 잘 아는 길로만
땀 없이 갈 수 있는 길로만 가서는
또 다른 이야기를 얻을 수 없다.

집으로 오는 길,
아주 잠깐의 모험으로
좁아질 대로 좁아진 내 생각에
새로운 길이 열렸다.

바람보다 더 시원한

세월은 상관없다.

아픔은 상관없다.

환경은 상관없다.

사랑은, 둘이 마주 잡을 때

사랑은, 둘이 놓지 않을 때

사랑은, 서로를 바라볼 때

행복을 선물한다.

중년의 부부가 걸어오고 있었다.
그리고 그 앞에서 두 아이가
장난을 치며 걷고 있었다.
두 아이가 먼저 가겠다고
소리를 지르며 달려 나갔다.
그들을 바라보며 부부는 웃었다.

길 위에는 이제 그와 그녀만이 있었다.
고개를 돌려 그녀를 바라본 그가
문득 손을 내밀어 그녀의 손을 잡았다.
그녀는 깜짝 놀랐는지
고개를 돌려 그를 올려다보았다.
그러고는 큰 소리로 웃기 시작했다.
그가 쑥스러운 얼굴로 왜 웃느냐고
몇 번을 물어도 웃기만 하는 그녀.

그녀 : 아니, 참 나~ 안 웃겨?
그 : 얼마만이야? 이렇게 손잡는 게.

고개를 흔들며 모르겠다던 그녀는
이내 해맑게 웃으며 그의 손을 꼭 쥐었다.
그러지 그도 크게 웃으며
그녀의 팔을 등 쪽으로 잡아당겼다.

바람을 쐬고 싶어 내려오던 길에
바람보다 더 먼저 마주한
바람보다 더 시원한
행복의 소리였다.

그리움에 젖어 바보처럼

혹시 또 바보처럼 누군가를
그 사람의 뒷모습으로 착각하고는
따라서 쫓아가다 지치진 않았을까.
주저앉지는 않았을까 걱정을 했다.

언젠가 내가 그랬듯이.

집으로 돌아오는 길에 몇 번씩
발걸음을 무겁게 만드는 고양이가 있었다.
언덕길을 지날 때쯤이면
맑은 음성으로 야옹야옹—거리며
멀리서부터 나를 향해 달려왔다.
내 넓적한 두 발 사이로 비집고 들어와
온몸을 비비며 부드러운 털을 자랑했다.
그러고는 내 주변을 빙빙 돌더니

드러누워서 야옹 한 번 울고

옆으로 구르며 또 한 번 울고

내가 움직일 것 같으면

재빠르게 일어나 내 걸음을 막았다.

도저히 그대로 두고 갈 수가 없어

시간이 늦었건 마음이 급하건 상관없이

몇 번이고 그 언덕에 주저앉아

고양이의 재롱을 받아주곤 했다.

처음에는 사람을 참 좋아하는구나 싶었다.

그런데 다치고 지친 마음을 안고

터벅터벅, 무겁게 집으로 향하던 날

내가 들은 울음소리는 그리움이었다.

누구를 그토록 사랑했고

누구에게 그토록 익숙해졌기에

매일 밤 저렇게 울며

그 사람일지도 모를 나에게

그와 전혀 닮지도 않은 내게

달려오는 것일까.

데려가지도 못할 거 자꾸 쳐다보지 마.
네가 보고 있다는 걸 알고서
그렇게 달려오는 거야.

그 말을 듣고서 나는 죄책감 혹은
두려움에 사로잡혔다.
며칠 후 같은 언덕에서
다시 그 고양이를 만났다.
나를 보자마자 여느 때처럼
야옹거리며 달려왔지만
나는 눈을 마주치지 않고 돌아섰다.
내 발을 툭툭 건드리며 쫓아왔지만
내 앞을 가로막으며 또 울어댔지만
나는 신경 쓰지 않고 걸었다.
그렇게 한참을 걷다 보니 보이지 않았다.
오다가 걷다가 울다가 지쳤는지
주위를 둘러봐도 보이지 않았다.

누군가를 기다리며

그 자리에서 울고 있는 모습이
그리움에 젖어 바보처럼
뛰어다니는 모습이
내게는 너무 익숙한 모습이라서
그날 이후 다시는
그 울음을 받아주지 않았다.

마지막 코스모스

수많은 사람들 가운데
당신과 내가 만나 사랑을 하는 것도
사람의 기준에서는 참 낯선 일이다.

그러니까 사랑도 분명 여행이다.

길가에 핀 코스모스 한 송이가
시선을 끌어 당겼다.
이미 그들의 계절은 끝이 났고
모두가 다 사라지고 없었는데,
홀로 바람에 흔들리는 모습이
무채색 넓은 거리에서 혼자서만
자신의 색을 내뿜는 모습이
내 시선을 끌었다.

뜨거운 여름날의 낙엽-이라든가
비 오는 날의 밝은 태양-이라든가
수풀에 둘러싸인 소화전-이라든가
어느 시골 작은 마을의 다방에 앉아
맥북을 두드리던 여인이라든가.
어디를 가든지 항상 주변과
조화롭지 못한 무엇인가를 보면
놓치지 않고 사진 속에 담았다.
낯선 것들은 항상 많은 영감을 주었다.
그리고 많은 이야기를 남겼다.

오늘 하루, 낯설게 바라보기.

시도 그렇게 시작한다.
그림도 그렇게 시작한다.
사진도 그렇게 시작한다.
아니, 여행이 그렇게 시작된다.

마지막 이야기

나는 지금도 이렇게 여행을 하고
나는 아직도 이렇게 사랑을 한다.

그리고 이제는 당신의 차례다.

당신의 여행을 들려줄 차례다.
당신의 사랑을 들려줄 차례다.

어느새 이 소박한 여행 이야기도
마지막 페이지에 가까워졌다.
당신도 작은 여행을 떠날 준비를
모두 마쳤다는 뜻이다.
집 앞에서부터 시작하면 된다.
문을 열고 밖으로 나가기만 하면 된다.
하루 정도는 먹고 마시는 시간을 버리고
걷고 바라보는 일에 투자하면 된다.
잠을 취하며 체력을 채우듯이
여행으로 우리 삶의 빈자리를
조금씩 채워 나가면 된다.
힘들고 부담스럽고 복잡한
그런 여행을 떠날 필요는 없다.
그냥 저 푸른 하늘을 올려다보며
아니 창가에 앉아 쏟아지는 비를 바라보며
때로는 옥상에 올라 쌓인 눈을 만져 보며
그것도 아니면 그저 햇볕이 내리쬐는
벤치에 앉아 음악을 들으며
우리 삶을 여행하자.

에필로그

아! 여행 가고 싶다!

그렇게 소리치는 친구에게 나는 태연하게 가면 되지-라고 말했다. 그 후에 돌아온 답변은 여행을 떠날 수 없는 수많은 이유들이었다. 돈이 없어서, 해야 할 일이 많아서, 시간이 없어서, 마음의 여유가 없어서. 그런데 그 모든 말은 '여행'을 떠나지 못하는 이유와 상관이 없었다. 돈이 없으면 돈이 들지 않는 여행을 하면 된다. 해야 할 일이 많다면 정리하고 떠나면 된다. 시간이 없다면 내게 주어진 시간을 쪼개서 만들면 된다.

우리는 늘 바쁘게 살아가지만, 결국 나 자신을 위해 쓰는 시간은 있기 마련이다. 그리고 알게 모르게 그 시간들을 자신을 위해 충분히 사용하고 있다. 매주 돌아오는 휴일을 활용한다거나, 밤을 새서라도 다음 일과를 끝내 놓는다거나. 그것마저도 없다면 식사 시간 혹은 잠을 줄일 수도 있다. 우리는 이미 환경도 시간도 가지고 있다. 그럼에도 여행을 떠나지 못하는 이유는, 모든 것을 그대로 누리고 있기 때문이다. 우연히 갖게 되는 생활의 틈에 맞춰, 어디선가 여행을 던져 주기를 바라기 때문이다. 그 사람을 간절히 부르지 않고서, 그 사람이 내게 달려와 주길 기다리고 있는 것과 마찬가지다.

당신 스스로 위로가 되지 않으면서, 누군가를 위로한다는 것이 말이 될까요?

어딘가에서 이 글을 읽고 아차 싶었다. 마치 내게 하는 얘기 같았다. 그래서 바로 짐을 챙겼다. 이곳저곳을 돌아다니고 생각하며 쌓아 온 이야기이고 사진들이라지만, 다시 글을 정리하는 이 시점에 내가 여행하고 있지 않으면 이 이야기가 온전히 전달될까 싶었다. 그래서 다시 이야기 속의 삶으로 돌아가기로 했다. 매일 아침 오픈부터 늦은 밤 마감까지 카페를 운영하는 틈틈이 글을 썼다. 그리고 때로는 눈치껏 때로는 과감하게 시간을 쪼개 카메라를 들고 밖으로 나갔다. 카페에서 글을 쓰며 밤을 새는 날도 많았고, 야간에 여행을 다니느라 잠을 못 자는 날도 많았다. 억지로가 아니라 내 선택이고 내 여행이었다. 분명히 피곤한 스케줄일 때가 많았음에도, 어디를 가든지 그리고 얼마나 짧은 시간이든지 상관없

이 내게 쉼 이상의 쉼을 주었다. 익숙한 나만의 공간을 떠나 마주하는 세상 자체가 나를 답답하게 만들던 모든 것을 깨뜨려 주었고, 씻겨 주었다.

결국 여행은 선택이다. 가고 싶으면 가면 되는 것이다. 누리고 싶으면 누리면 되는 것이다. 모든 것이 갖춰지는 순간을, 있을지 없을지도 모를 그 타이밍을 기다리느라 피곤한 날들을 반복하지 말고, 내게 주어진 환경 속에서 여행을 떠나면 된다. 복잡하게 떠나려는 생각 자체를 버리자. 완벽하게 이루려는 계획도 버리자. 생각보다 이른 시간에 집에서 나와 시간이 남은 날, 일정이 예상보다 일찍 끝나서, 있던 약속이 취소되어서, 문득 하루 정도 쉬어야 할 것 같아서, 새벽같이 일어나서, 잠이 오질 않아서. 그래서 생겨나는 작은 시간들 속에서 작은 여행을 하자. 그리고 그 순간들을 반드시 사진 속에 담고, 반드시 글로 기록하자. 아무것도 아닌 오늘의 일상이 여행이 되고. 평범하던 나의 하루가 특별한 이야기

가 된다. 웃을 일 없던 나의 시간들을 가치 있는 시간으로, 행복한 삶으로 가꿔 준다. 그리고 내 삶을 사랑하게 된다. 그것이 여행이 우리에게 주는 선물이다.

그러니 이제 떠날 준비를 하자. 아니, 준비라는 말도 부담스러우니 그냥 떠나 보자. 다른 것은 필요 없다. 핸드폰이나 카메라를 챙겨서 지금 내가 갈 수 있는 곳, 내가 닿을 수 있는 곳으로 가자. 보이는 것을 사진 속에 담고, 느끼는 것을 글 속에 담고, 흘러가기만 하는 시간들을 추억 속에 담자. 사실 이 책에 나오는 사진의 대부분은 일상 속에서 찍은 것들이다. 그리고 일부는 핸드폰으로 찍은 사진들이다. 지극히 평범한 시간들에 대한 글이며 사진이라는 것이다. 그런데 어느새 또 이렇게 한 권의 책이 되었다. 하나의 이야기가 되었다. 당신의 하루도, 당신의 일상도 얼마든지 특별한 여행이 될 수 있다는 그 말을 전하고 싶어서, 나는 이 넓은 종이를 평범한 시간들로 채웠다.

더 쓰고 싶은 말이 많지만 지금은 여기서 끝내기로 했다. 그냥 이대로 책을 덮어 이야기를 멈추지 말고, 지금 당장이라도 밖으로 나가 당신의 이야기로 이어 주었으면 하는 바람이다.

#글을 마치며…

이화동에 다녀오는 길, 지하철 환승 통로에서 우쿨렐레를 연주하는 백인 남녀를 만났다. 그들은 벽에 기대어 앉아 즐겁게 흥얼거리며 연주를 이어갔다. 그들 앞에 놓인 박스에 얹어 놓은 종이에는 이렇게 쓰여 있었다.

TRIP AROUND THE WORLD

세계 일주… 나는 그들의 즐거운 모습을 사진 속에 그리고 기억 속에 담고 싶어 맞은편 벽에 자리 잡고 앉았다. 수많은 사람이 그들과 나 사이를 걸어가고 있어 잘 보이지도 잘 들리지도 않았지만, 그 즐거움은 충분히 전해졌다. 한참을 앉아서 흥겨운 연주를 들으며 사진을 찍고 있을 때, 그녀가 문득 연주를 멈췄다. 그리고 악기를 내려놓고는 내게 다가왔다. 그녀도 그 행복한 순간들을 사진으로 남기고 싶었는지, 내게 핸드폰

을 내밀었다. 나는 그 작은 핸드폰으로도 자리를 옮겨 가며 정성껏 그들의 모습을 담아 주었다.

더 앉아 있고 싶었지만, 나도 나의 길을 가야 했기에 그들의 여행을 축복하며 박스 안에 나만의 정성을 담아 넣고는 자리를 떠났다. 가다가도 몇 번씩 뒤를 돌아 그들을 바라보았다. 그리고 나도 언젠가는 저렇게 여행하리라 마음먹었다. 세계 일주를 하겠다는 것이 아니라, 저렇게 해맑은 표정으로 여행을 하겠다는 것이다. 누군가 나를 보며 여행을 꿈꿀 수 있도록. 그들처럼 여행의 설렘을 물들일 수 있도록. 이렇게 사소한 이야기들로 가득 채운 이 책을 들고, 내일부터 또 다시 몇 번이고 사소한 여행을 떠날 것이다. 누군가 그렇게 여행하는 내 모습을, 사진 속에 이야기 속에 담아 갈 때까지.